AF217531

Tucholsky Wagner Zola Scott Sydow Freud Schlegel
Turgenev Wallace Fonatne
Twain Walther von der Vogelweide Fouqué Friedrich II. von Preußen
Weber Freiligrath
Fechner Fichte Weiße Rose von Fallersleben Kant Ernst Frey
Richthofen Frommel
Engels Fielding Hölderlin
Fehrs Faber Flaubert Eichendorff Tacitus Dumas
Eliasberg Ebner Eschenbach
Feuerbach Maximilian I. von Habsburg Fock Zweig
Ewald Eliot Vergil
Goethe Elisabeth von Österreich London
Mendelssohn Balzac Shakespeare
Trackl Lichtenberg Rathenau Dostojewski Ganghofer
Stevenson Doyle Gjellerup
Mommsen Tolstoi Hambruch
Thoma Lenz Hanrieder Droste-Hülshoff
Dach von Arnim Hägele
Verne Hauff Humboldt
Karrillon Reuter Rousseau Hagen Hauptmann Gautier
Garschin
Damaschke Defoe Hebbel Baudelaire
Descartes
Hegel Kussmaul Herder
Wolfram von Eschenbach Dickens Schopenhauer Rilke George
Bronner Darwin Melville Grimm Jerome
Campe Horváth Aristoteles Bebel Proust
Bismarck Vigny Barlach Voltaire Federer Herodot
Gengenbach Heine
Storm Casanova Tersteegen Grillparzer Georgy
Lessing Gilm
Chamberlain Langbein Gryphius
Brentano
Strachwitz Claudius Schiller Lafontaine Sokrates
Katharina II. von Rußland Bellamy Schilling Kralik Iffland
Gerstäcker Raabe Gibbon Tschechow
Löns Hesse Hoffmann Gogol Wilde Vulpius
Luther Heym Hofmannsthal Klee Hölty Morgenstern Gleim
Roth Heyse Klopstock Kleist Goedicke
Luxemburg Puschkin Homer Mörike
La Roche Horaz Musil
Machiavelli Kierkegaard Kraft Kraus
Navarra Aurel Musset Lamprecht Kind Kirchhoff Hugo Moltke
Nestroy Marie de France
Laotse Ipsen Liebknecht
Nietzsche Nansen Ringelnatz
Marx Lassalle Gorki Klett Leibniz
von Ossietzky May
vom Stein Lawrence Irving
Petalozzi Platon Knigge
Sachs Pückler Michelangelo Kafka
Poe Kock
de Sade Praetorius Mistral Liebermann Korolenko
Zetkin

Aus Jugendleben und Buch der Kindheit

Bogumil Goltz

Impressum

Autor: Bogumil Goltz
Umschlagkonzept: toepferschumann, Berlin

Verlag: tradition GmbH, Hamburg
ISBN: 978-3-8472-3668-9
Printed in Germany

Text der Originalausgabe

Bogumil Goltz

Aus »Jugendleben« und »Buch der Kindheit.«

Aus

Bogumil Goltz'

Schriften.

～※～

Herausgegeben

von

Philipp Stein.

Erster Teil:

Aus „Jugendleben" und „Buch der Kindheit."

Leipzig.

Druck und Verlag von Philipp Reclam jun.

Einleitung

Ein vergessenes Original! So ist Bogumil Goltz in einem zu seinem hundertsten Geburtstage erschienenen Gedenkartikel von Arnold Wellmer charakterisiert worden.

Aber dieses Original verdient der Vergessenheit entrissen zu werden. Am 20. März 1801 in dem damals preußischen Warschau geboren, hat Goltz fast ein halbes Jahrhundert erst als Landwirt, dann in dem kleinen Landstädtchen Gollub an der westpreußisch-polnischen Grenze verbracht, hat, wie er es nannte, »den besten Teil seines Lebens mit Polen und Juden verträumt.« Dann plötzlich tauchte er auf als gefeierter Schriftsteller und Rhapsode, dessen Bücher überall begehrt wurden, nachdem es ihm endlich gelungen war, einen Verleger zu finden für sein »Buch der Kindheit,« mit dessen Manuskript er, wie er selbst es bezeichnet hat, lange »hausieren gegangen.« Nun verglich man ihn, dem seine eigenartig interessante Persönlichkeit schnell in literarischen Kreisen erhöhte Geltung und Wirksamkeit verlieh, mit Johann Georg Hamann, dem »Magus im Norden,« mit dem Humoristen v. Hippel und gleichzeitig mit Jean Paul. Arnold Wellmer, der in den Anfängen seiner eignen Thätigkeit die Blütezeit des nun vergessenen Originals miterlebt hat, meint jetzt zutreffend: »Einzelne Züge von allen Dreien finden wir in den Büchern von Bogumil Goltz, wenn auch nicht immer die musterhaftesten: das Formlose, Sprunghafte, Zerflatternde in der Darstellung und den Mangel an jener Selbstbeschränkung, in der sich, nach unserm Goethe, der Meister zeigt. Dabei aber auch: lebhafte Phantasie, drastischen Humor, regen Geist, tiefes Gemüt, poetischen Sinn, malerischen, kräftigen, originellen Stil und die seltene Gabe: sich in die Seelenzustände der Menschen zu versenken und sie plastisch vor uns hinzustellen. Er liebt es, sich grübelnd bald in einzelne Menschen zu vertiefen – bald in ganze Völker: und daraus Vergleiche zu ziehen – individualisierend und parallelisierend. Seine Welt ist wie bei Jean Paul und Hippel: das gemütvolle Kleinleben, mit liebenswürdigem Humor gezeichnet, und das ewig Menschliche. Welterschütternde Staatsaktionen und hohe Politik berühren ihn nicht.«

Man muß Bogumil Goltz aus seiner Zeit heraus beurteilen, jener Zeit, in der nach dem Ausspruch von Richard M. Meyer noch die

Grobheit Charakter und das Schimpfen Stil besaß und nach den Süßigkeiten der »Amaranth« die originelle und wirksame Manier des barock humoristischen, urwüchsigen Autors wie kräftiges Landbrot genossen wurde. Vom Wesen und der Erscheinung des interessanten Mannes giebt Ludwig Pietsch in seinen »Erinnerungen« ein sehr anschauliches Bild. Er erzählt von seiner großen, wuchtig auftretenden, sich leicht vorgebückt haltenden, breitschultrigen Gestalt, dem Kopf mit höchst energisch gezeichneten Formen des glattrasierten Gesichts – damals, um die Mitte der fünfziger Jahre, ließ die ganze Erscheinung noch immer viel eher den Landwirt als den Schriftsteller in Goltz vermuten: »die dichten Brauen pflegte er nach der Nasenwurzel hin scharf und mit dem Ausdruck zorniger Entschlossenheit zusammen zu ziehen, den dünnlippigen Mund nach beiden Ecken hin zu zerren. Die kleinen grauen, tiefliegenden Augen blitzten und sprühten aus den Schatten der überhängenden Brauen hervor, wenn er zu sprechen begann und seine Rede im unverfälschtesten westpreußischen Dialekt, dann fessellos wie ein wilder Bachstrom, bald prächtig rauschend, bald polternd, bald krystallklar, bald Geröll, Kies und schwere Blöcke wälzend, dahinflutete und wirbelte ohne einen Moment des Stockens, der einem anderen die Möglichkeit gewährt hätte, ein Wort der Entgegnung dazwischen zu schieben. Man hörte ihm bald hingerissen und begeistert, bald betäubt und geärgert wortlos zu. Tiefe Weisheitssprüche, verwegene Behauptungen, spannende Erzählungen eigner und fremder Erlebnisse, Naturschilderungen, groteske Vergleiche, grimmige Ausfälle, Verwünschungen und Invektiven, polnische Juden- und westpreußische Dorf- und Kleinstadtgeschichten voll überwältigender Komik, glänzende Schilderungen, ergreifende Herzensergießungen, ästhetische Theorien, kritische und enthusiastische Beurteilungen von Kunstwerken aus alter und neuer Zeit drängten sich, oft in ungeheuerlichen Wortbildungen und Satzformen ausgeprägt, in wirrem Durcheinander von seinen Lippen.«

Zu dieser Schilderung finde ich ein interessantes, vielfach noch tiefer greifendes Gegenstück in einer Kritik Friedrich *Hebbels* über das »Buch der Kindheit« von Goltz. Sie stammt aus dem Jahre 1852. Hebbel hatte Goltz bei einem Mittagsessen im Hause von Ottilie v. Goethe kennen gelernt und erzählt ergötzlich davon: »Ein starkknochiger, etwas hagerer Mann mit durchdringenden Augen, mächtig hervorspringender Nase und einer Stirn, die Eigensinn und Willenskraft zugleich abzuspiegeln schien, perorierte in einem Kreise von erschrockenen Damen und staunenden Herren mit mächtiger Stimme gegen das schöne Italien; seine Garderobe erinnerte an einen Professor aus der ehrwürdigen Zeit, wo Lessing, als er tanzen und fechten lernte, sich gegen seinen Vater darüber verantworten mußte; der Frack schien ein uraltes Erbstück zu sein, und ein weißes Tuch, bis über das Kinn hinauf gebunden, vollendete den urväterlichen Eindruck. Aber seine Gedanken waren nicht alt und bestäubt; in kernigster Sprache entwickelte er eine Reihe der originellsten Ansichten und Ideen; die schlagendsten Ausdrücke, die treffendsten Bilder standen ihm zu Gebote und das Schneidende seiner Äußerungen wurde durch die Unmittelbarkeit ihrer Erzeugung, die das Wägen und Messen ausschließt, doch wieder gemildert. – Mit Italien, was er zuletzt gesehen hatte, war er ganz besonders unzufrieden; natürlich nicht mit dem Lande, mit dem blauen Himmel und den milden Lüften, sondern mit den Menschen und ihren Zuständen. Ging er so weit, daß man sich eine bescheidene Einwendung erlauben zu müssen glaubte, so lautete seine Erwiderung: er erwarte, daß man subtrahieren könne, und setze die vier Species überhaupt bei jedermann voraus. Kreuzte man ihn noch mit einer zweiten Bemerkung, so war er imstande, die Augen wie ein Märtyrer aufzuschlagen und auszurufen: »Gott, Gott, es giebt auf deiner Erde nur *einen* dummen Kerl, und man kann ihm nicht ausweichen, man trifft ihn vor den Pyramiden, im Kolosseum und überall!« Als man ihm aber das naive Wesen der Italiener vorhielt, meinte er: »die Naivetät des Rebhuhns ist noch größer und dennoch pflegt man es nicht über den Menschen zu erheben; übrigens ist es mir lieber, wenn derjenige, der mich totschlägt, hinterdrein nach alter deutscher Art, vom Gewissen gejagt, davonläuft, als wenn er sich in gut italienischer Manier aus meinem Leichnam ein Kissen macht und sich niederlegt, um sich von der gehabten Anstrengung zu erholen.«

Hebbel gewann aber bald die Überzeugung, daß die anscheinende Härte von Bogumil Goltz eben nur aus seiner Angst vor dem zu mächtigen Überströmen des tiefen Gefühls hervorgehe, dessen er sich im Innersten bewußt war. Charakteristisch dafür ist, wie er Hebbel von einem Vorfall auf seiner Nilfahrt Mitteilung macht.

Seine Wäsche war gewaschen und auf dem Schiff zum Trocknen ausgehängt, während er schlief. Als er erwachte, sah er, daß die Wäsche vom Wind nach links und rechts entführt worden. »Eine ordinäre Geschichte, nicht wahr?« fuhr er fort. »Der Verlust war in jeder Weise zu ersetzen! Allerdings, bis auf die Erinnerungen! Das alles hatte mein Weib mit emsigen Händen in langen Winterabenden im fernen Norden geschafft und nun sollten die Krokodile es zerreißen!«

Wie sehr die äußere Schroffheit bei Goltz das Produkt seiner inneren Weichheit war, sieht Hebbel sofort bei der Lektüre vom »Buch der Kindheit« bestätigt und sagt nun in seiner Kritik: »– – nur der aus dem Gemüt herauslebende Mensch fühlt ein Bedürfnis und ist imstande, sich wieder in seine Kindheit zu vertiefen; ein anderer läßt sich von seinen Kinderjahren nicht hofmeistern, um Schillers Ausdruck zu gebrauchen. Von welcher Fülle der echtesten Poesie strotzt fast jedes Kapitel! Wenn es jemals einen Dichter gab, der den Pfad zum Paradies der Kindheit zurückfand, so ist es Goltz. Er ist ein Landsmann von Hippel, Hoffmann, Hamann und Kant. Hippel scheint jenen Blick fürs Detail des Stilllebens auf ihn vererbt zu haben, der seinen »Lebensläufen« die klassische Seite gab; Hoffmann das glänzende, Ader und Nerv zugleich in den Rahmen bringende Darstellungstalent, welches von ihm selbst leider an Gespenster und Fratzen verschwendet wurde. Von Hamann hat er einen mystischen Zug, der ihn abhält, die Nacht als die bloße Abwesenheit des Tages aufzufassen, und in so weit gesund ist, als er dies thut.«

Freilich bis Bogumil Goltz literarische Beachtung gefunden und sich in die geistige Gemeinschaft da draußen fröhlich und in seiner lärmenden Art, die ihm Otto Roquette so verdacht hat, mischen konnte, hat er schwere Jahrzehnte durchzumachen gehabt. Am 20. März 1801 ward er als Sohn eines preußischen Staatsgerichtsdirektors in Warschau geboren, in keineswegs glänzenden Verhältnissen. Erst für die Landwirtschaft vorbereitet, bezieht er 1822 als *studiosus theologiae* die Universität Breslau, hört aber nur philosophische und philologische Vorlesungen. Nach drei Semestern aber muß er diese Studien bereits abbrechen und auf dringendes Verlangen des Vaters dessen kleines Gut Lissewo bei Thorn zur Bewirtschaftung übernehmen – gleichzeitig verheiratet er sich mit einem Fräulein v.

Blumberg. Aber als Gutsbesitzer hatte er herzlich wenig Glück, allerlei andere ärgerliche Umstände kamen hinzu, so daß er sich bald gezwungen sah, sein Gut zu verkaufen und es mit Pachtungen zu versuchen. Er saß nun in dem kleinen, 2700 Einwohner zählenden Städtchen Gollub, und stand in Gefahr zu verbauern und geistig zu verkümmern, wie seine Umgebung. Er hat später in seinem Werke »Ein Kleinstädter in Ägypten« von dieser Schreckenszeit berichtet, wobei er das Städtchen Gollub freilich Flachsenfingen benannt hat: »Ich habe in Flachsenfingen die langen, regnichten, kothigen, todesfinstern, traumwüsten und nordisch-ägyptischen Spätherbstabende mit dem Bürgermeister, dem Apotheker, dem Doktor, dem Grenzcontroleur u. s. w. ins ungeschneuzte Talglicht geschaut. Ich habe zuweilen dieses einzige trübe Ressourcenlicht lichtfreundlich mit meinem bißchen Witz geschneuzt; aber die Flachsenfinger fingen doch nicht viel Feuer und konnten sich auch nicht darauf einlassen, denn sie trugen vaterländische Perücken von Flachs. Ich habe mir also auch eine dergleichen, mit einem ordentlichen kleinstädtisch antediluvianischem Zopfe auf das in solchem Klima sehr bedeutend entwickelte Occiput gestülpt; ich habe mit meinen Leidensgefährten und Kulturverschwornen Braunbier getrunken, mit ihnen um die Wette gegähnt und den Kinnbackenkrampf ausgehalten, mich mit ihnen in Anekdoten und schlechten Witzen übernommen, mit ihnen über der langen Weile im stillen gebrütet und ein herkömmliches: »Ja, ja, so geht's in der Welt!« – oder: »Man wird wohl schlafen gehen müssen!« – oder: »Da sind wir mal wieder beisammen gewesen!« – produziert. – Ich habe mit den *Mummelburgern* fraternisiert und musiziert; ich habe zwei heiser lamentierende Geigen auf einem Bierbasse oder Krugviolon begleitet, um nur zu vermeiden: daß ein Autochthon mit dem nassen Daumen den Bassisten machen möchte. Ich habe alles mögliche und noch etwas darüber hinaus für die Flachsenfinger Geselligkeit und Kurzweil gethan. Ich war sogar daran, auf Brusbart und Galgenknaster anzubeißen, obgleich ich weder spiele noch rauche; da trat der Genius meines Lebens vor mich hin und sagte: »Mensch, bedenke dein Ende!« – aber nicht fürder in *Hühnerhorst*; du hast bereits Pips und Mauser überstanden; du bist für eine höhere Staffel gereift. Jetzt denke darauf, wie du deine Lenden gürtest, den Staub von deinen Füßen schüttelst und nie wiederkehrst.«

Endlich, 1846, als die Verhältnisse für ihn immer schlimmer geworden, gab er die Landwirtschaft auf, siedelte nach Thorn über und begann zu schriftstellern. Schon sein erstes Werk »Buch der Kindheit,« das 1847 erschien, machte ihn bekannt und beliebt. Er konnte auf den Kredit seines Namens sich nun bereits überall zeigen. Als Vortragender hat er mit seinen oft extemporierten Darbietungen damals überall verblüfft. Alles was er in jahrzehntelangem Beobachten in sich aufgespeichert und durch eine umfassende Lektüre an Gedanken noch vermehrt hatte, sprudelte er nun heraus, oft in einer chaotischen Überfülle, aber doch auch wieder mit so hinreißender Lebendigkeit und liebenswürdigem Humor, mitunter paradox, aber stets anregend und fesselnd. So groß waren seine ersten Erfolge bereits, daß er 1849 eine Reise nach Ägypten unternehmen konnte. Sein bereits erwähntes Werk über diese Reise gehört mit dem »Buch der Kindheit,« dem »Jugendleben,« einem biographischen Idyll aus Westpreußen, den »Typen der Gesellschaft« zu den besten Werken des eigenartigen Denkers und humorvollen Schilderers, der ruhelos durch die Welt zog und dem doch die besten Schöpfungen gelingen, wenn er Stimmungen und Originale seiner Heimat wiedergiebt. Seinen Schöpfungen fehlt zumeist freilich das künstlerische Maß, die Beschränkung des Meisters, aber zutreffend heißt's in der »Deutschen Biographie,« daß mit den von Goltz verschleuderten Geistesfunken ein Halbdutzend anderer Menschen immerhin ein hübsches Geschäft begründet, sich bei einiger Industrie und Vorsicht rühmlich hervorgethan und am Ende gar noch in Miniaturausgaben unsterblich geworden wären.

Um dieses Original vor unverdienter Vergessenheit zu bewahren und die schönsten Schätze aus seinem reichen Besitz einem großen Leserkreise zu erschließen, ist diese Neuausgabe unternommen worden, deren erstes Heft den Leser in die Heimat des Dichters führt und erkennen läßt, wie und aus welchen Lebensbedingungen heraus er sich entwickelt hat. Zugleich aber wird aus mehreren Kapiteln ersichtlich, wie viel echte Poesie doch in diesem so spät zu seinem wahren Berufe, und deshalb nie zu harmonischer Entwicklung gekommenen Originale gesteckt hat.

Philipp Stein.

»Jugendleben«

1

Die Bedeutung der Künste und Wissenschaften für das Leben, ihre Segnungen, ihren heiligen Geist fühlt man nirgends so eindringlich als eben in ihren Anfängen gegenüber der Natur, in der Einsamkeit und unter dem Volk.

In einer Dorfkirche, beim einfachen Orgelspiel greift uns die Musik stärker ans Herz, werden wir ihre Allmacht oft tiefer inne, als in rauschenden Konzerten der Residenz gegen Entree. Das mittelmäßige Altarbild, das schlechtgekleckste Madonnenbild einer elenden hölzernen Kapelle wirkt auf den gefühlvollen Beschauer, den glaubenseinfältigen Menschen, auf die armselige, in Andacht hingesunkene Magd, auf verlassene Witwen und Waisen, wie kaum eine Gemäldeausstellung auf das ganze Publikum, im Beistande einer geschmackvoll anleitenden Kritik. Man muß an einem Ernteabend im Dorfe eine Geige oder Klarinette gehört haben, oder einen erschöpften armen Dorfschulmeister auf seinem lendenlahmen, fast tonlosen Spinett; dann kommt etwas von der Begeisterung, von der Erhabenheit und himmlischen Abstammung der Musik in das Gemüt, während es im Instrumentensturm nur zu oft leer, tot oder geängstet verbleibt.

Aus den Steinklüften der Städte sehnen wir uns nach dem Dorfe, und von dem grünen Lande auf das wüste wogende Meer; aus den Treibhäusern der Schule und Civilisation nach der freien, zeugungskräftigen, wundergebärenden, heiligen Natur.

In dieser Übertreibung, Überfeinerung, bei dieser Entartung und Entheiligung in Worten und Werken schmachtet die Seele nach den Bildern eines einfachen, natürlichen und ingottlichen Daseins: da will sie das Gerumpel des civilisierten Lebens, die sinnverwirrenden tausendfältigen Apparate des überwucherten Lebens an die

---

1 »Ein Jugendleben, biographisches Idyll aus Westpreußen« erschien 1852, fünf Jahre nach seinem Erstlingswerk, dem »Buch der Kindheit.« Wegen der biographischen Bedeutung dieses Idylls und weil es in die Heimat des Autors einführt, schien es angezeigt, mit einigen Skizzen daraus diese Sammlung zu eröffnen.

Seite geschafft, da will sie diese komplizierten, auf die Spitze gestellten, überschrobenen Lebensverhältnisse, diese Formen- und Schablonenwirtschaft, diesen heillosen Mechanismus entfernt, diese verfilzt-verworrenen Lebensfäden aufgelöst, und das ganze Wirrsal auf die schöne, heilige Gottesökonomie zurückgebracht sehen.

Das echte Idyll ist aber das Stahlbad für diese unablässig galvanisierten und tremulierenden Nerven, ein Tropfbad für das moussierende Hirn, eine Abfrischung und Wiedergeburt für Seele und Leib; der rosige Abglanz eines naturheiligen Lebens, der ungekeltert entfließende Wein einer himmlischen Traube von Eden.

*

Ich habe eine glückliche Jugend verlebt, und ich werde ihre Ideale nicht altklug meistern, und ihren heiligen Genius verrat' ich nimmer an den Werktagsverstand.

Den Thorheiten, den Übereilungen und Untugenden der Jugend, ihrer Rücksichtslosigkeit und Einseitigkeit liegt eine Begeisterung, ein idealer Trieb und Drang zum Grunde, eine Hingebung des Lebens an das Idol in der Brust; eine Ritterlichkeit, die mit der Welt anbindet und um das Heiligtum kämpft.

Den Tugenden der spätern Jahre und ihrer weisen Lebensökonomie gebricht der große Zug und Ruck einer hehren Begeisterung und Leidenschaft, die über alle Steine des Anstoßes, über die Widersprüche und den Erdenkot im leichten Fluge hinwegzutragen vermag. Dem reifen Alter gebricht der ideale Sinn und Inhalt, der schöne Überfluß des Lebens, weil ihm der Weltverstand, die Berechnung, die Feigheit, die Beargwöhnung im Wege stehen.

Aber es ist besser, vom Leben berauscht, als von ihm gelangweilt, überstopft und angeekelt zu sein.

Besser ein heiliger Traum, wie ein unheiliges Erwachen. Glückseliger ein seelenvoller Irrtum und Unverstand, wie ein seelenloser Witz und Verstand. Besser ein leichter Kopf und Sinn über einem liebeschweren Herzen, als über einem beschwerten Gewissen ein herzloser oder ein mit Wissen überfüllter Kopf.

Wahrhaftiger ist doch der formlose aber heilige Natur- und Gottesinstinkt der Jugend, als die Künste und Wissenschaften, die Praktiken und Konvenienzen einer von allen Gottesfühlungen, von Natur und Übernatur entblößten und entleerten Welt.

Aus den Thorheiten und Untugenden, aus den Einseitigkeiten, den Irrtümern, der Unwissenheit und dem Eigensinn der Jugend zeichenredet der Genius der Menschheit ein übermenschliches und überirdisches Wort. Mit den Träumen und Schäumen der Jugend, mit ihrer seelenvollen Gedankenlosigkeit, mit ihrer in Liebes- und Lebensinbrunst verlorenen Selbstsucht treibt die Menschennatur ihren Frühlingsstaat, der Weltgeist aber seine lebendigen Geschichten und sein Fleisch. Mit dem Todes- und Lebensmut der Jugend schließt sich jede jüngste Geschichte an die alten Heldengeschichten an, entrichtet jede Nation und jede Zeit ihre Schuld an die Welt und Ewigkeit; weil an das Ideal, welches über allen Zeiten, allen Völkern und allen Kulturgeschichten steht und allein im Herzen der Jugend eingefleischt und wiedergeboren wird.

Von dem Augenblicke an, wo uns nicht länger eine Idee, ein großes Glauben und Heiligen, eine inbrünstige Liebe und Leidenschaft treibt und trägt, ist es auch mit unserer Charakterwürde, unserer Lebenskraft, unserer Thätigkeit, unserer Poesie und Glückseligkeit vorbei.

Erst muß der Mensch sein subjektives seelisches Leben ausleben und entwickeln; das unterbindet ihm aber heute die Politik. Und doch ist ja jeder Jüngling freiheitliebend, liberal, demagogisch, weltbürgerlich, aus heiler Natur! Warum also noch die künstliche Impfung des Blatterngiftes einer Tagespolitik?

Ich kenne die Antwort: weil die leichtbethörte Jugendbegeisterung, Thatkraft und Todesverachtung hergeben muß. Also muß doch der Zweck die Mittel heiligen.

Die Hauptsache ist und bleibt gleichwohl in Ewigkeit: daß wir Menschenkinder so leben, geleitet und verbraucht werden, wie es die Natur und die Übernatur in uns will; und nicht so, wie es die Schnellpolitik und der Durchgangsprozeß einer gärenden Zeit, wie es die tausendköpfige öffentliche Meinung diktiert, von der sich selten etwas Bleibendes aus Zeitungen vernehmen läßt.

Träumen, dichten, glücklich sein, seelisch sein, ist allerdings Selbstschwelgerei; aber sie bildet den konkreten Inhalt der jungen Welt. Die vergeistigte Naturgeschichte ist das Herz.

Wenn die Jugend zu träumen, zu lieben und zu dichten aufhört und die Politik an die Stelle der Seele treten darf, so hat das Leben und folglich auch die Politik keinen Sinn und Zweck und keine lebendige Kraft.

Ein Bauertölpel, der nichts gelernt und seinen Geist in keiner Weise exerziert hat, der wundert sich über nichts, der schämt und grämt sich nicht, der dichtet und denkt nichts als seinen Mist, der ihm Weizen und Klee bringen soll. Und ein gewöhnlicher Gelehrter, ein nüchterner Naturforscher, ein Philosoph, ein Diplomat und Aristokrat, ein Gebildeter *par préférence*, der wundert sich wiederum nicht, und überdichtet auch nichts, und exerziert seelenlos nur seine Konvenienzen, seine Methoden, seine angelernten Phrasen, seinen Notizenkram, stopft seine Gedächtniswurst und treibt eine tote, hölzerne, krepierte Formenökonomie.

Wo ist denn also nun der Mensch, dem die Lebenswunder im Hirn und Herzen zu schaffen machen, der närrisch vor Lebenslust wird, der dem Morgen- und Abendrot, den länger und kürzer werdenden Schatten, dem kommenden und fallenden Laube, den Tages- und Jahreszeiten, dem Thautropfen, der Schmutzblase in der Gosse (wie sie Himmel und Erde abspiegelt), dem zündenden Fünkchen, der züngelnden Flamme, dem kräuselnden Rauche, dem Schattenspiel an der Wand, dem spielenden Lichtstrahl, dem sprießenden Grashalm, dem rennenden Würmchen im Moose, dem Spinnennetz, den kunstvoll gebauten Honigwaben, dem tummelnden Ameisenhaufen nachdenken muß?

Wo sind die Menschen, die andauernd so fühlen, empfinden und denken; deren Seelen so in das Wunder der Schöpfung verstrickt sind, daß ihre Geister vollauf zu thun haben, sich über den Wassern zu halten? Es sind eben die Dichter, die beseelten Denker, die Genien. Es ist die Jugend, die gebildete und sinnige Jugend, solange sie noch nicht von der Konvenienz, vom Weltwirrwarr und Ehrgeiz, von den Leidenschaften, von der Tagespolitik verderbt und zur Fratze entartet ist. Man kann freilich vor lauter Lebensbegeisterung und Verwunderung der schönste poetische Taugenichts werden;

das ist ein Malheur für die Welt, aber keine schwere Sünde. Und unserm Herrgott oder der sich selbst erfassenden Weltseele und Natur gilt dieser Taugenichts mehr als ein geschäftiger Mechaniker, ein seelenloser, aber tugendtüchtiger Automat.

Vor einer Wahrheit darf sich gleichwohl keiner sträuben, so schwer sie auch etwa seinem alten Herzen würde, das alt alten Bildern, Gewohnheiten und Glaubensartikeln hängt. Es geht dennoch durch all die Fratzerei, durch all den modernen Unsinn, durch alle die Narretei, die Teufelei und den Moder des Alten ein neuer Odem; er heißt Menschenachtung, Vernunft, Volksbewußtsein, Massenbewußtsein, Massengeist, Civilisation, Erziehung für alle!

Man vergreift sich in den Mitteln, aber es ist doch die Idee da. Es klingen abscheuliche Töne und falsche, verstimmte Register, tote Stimmen in der Riesenorgel mit, auf welcher der Genius der Menschheit die Weltgeschichte präludiert; aber man vernimmt doch in all der demagogischen Katzenmusik, in all dem rebellischen Wogenwälzen eine neue Weltharmonie und Ökonomie! Die nächsten Folgen werden heillose sein; denn die Öffentlichkeit, die Säkularisation, die Emancipation nach allen Seiten und auf allen Punkten wirken notwendig zunächst Frechheit, Unheiligkeit, Zuchtlosigkeit.

Aber die neue Idee wird sich ihren neuen Leib zubilden; und mit der neuen Gewohnheit, mit der neuen Natur muß endlich der Mißbrauch fortfallen, muß sich die neue Gestalt der Welt herausarbeiten aus der gegenwärtigen Karikatur.

Daß ihr dies aber nicht allzu schwer werde, und damit der neue Bildungsprozeß nicht in die alte Barbarei ausarte, so müssen die Fortschritte auf dem historischen Grund und Boden gemacht werden und nicht in Kraft der socialen Ideen allein; nicht in der Luft, auch nicht mit Eisen und Dampf allein, sondern am Leitfaden des alten Gewissens von Gott und Natur.

Wir müssen freilich mit freiem Willen vorwärts machen und geschäftig sein; aber wir müssen auch wachsen nach dem Willen der Geschichten Gottes wie der Natur. *Eine* Kraft und Parole *allein* wirkt Narrheit, Sünde und Tod.

Wir müssen rudern und schwimmen, aber der alte Gott führt das Steuer; er macht auch Wind und Wetter und giebt dem Strom der

Geschichten die himmlischen Wasser und ihren Lauf zum Meere der Ewigkeit. Eine vom Menschenwitz allein gemachte Weltgeschichte ist Sünde, weil Unnatur; sie entthront den Weltgeist und die Vorsehung; sie raubt uns den Glauben an ein Jenseits, an die Mysterien des Menschendaseins wie der Geschichte.

Wir kennen die Faktoren, die Elemente sehr unvollkommen, aus denen sich eine lebenswahre, gesegnete Menschengeschichte hervorbildet; wir vermögen die natürliche und göttliche Lebensökonomie weder zum Bewußtsein zu bringen, noch zur Rede zu stellen; wir vernehmen kaum die himmlische Lebensmusik, und wie wollten wir sie nach Noten spielen, oder ihren Generalbaß ergründen, die Gesetze ihrer Komposition. Dieser übergeschäftige sociale Menschenwitz entführt der Menschheit den Glauben, die Liebe und die Lebenspoesie; entführt ihr auch das Abendrot des untergegangenen Paradieses, den heiligen Sinn und Geist der Welt!

Lebensanfang.

Die früheste Lebenserinnerung ist ein heiliger Traum, eine selige Paradiesesfühlung, aus der alles Gemeine und Häßliche verbannt ist; kein Geräusch, keine Leidenschaften, keine vorschreienden Töne und verwirrenden Stimmen stören die himmlische Harmonie.

In der Kindesseele ist lauter Licht und Leben; die Todesschatten lagern noch im tiefsten Grunde und zeichnen erst die zarten Umriß-linien an den duftigen Bildern: um die Palmen, die Rosenwolken und Engelgestalten einer himmlisch schönen Schöpfung, die im blauen Äther schwimmt, wie eine Luftspiegelung über der Wüste.

Es ist tiefer Friede im Kinde, und darum auch in der kindlichen Welt; das ganze Dasein ein buntes, wundervolles Spielwerk um den kleinen Paradiesmenschen her. Er steht im Mittelpunkte einer stillen Zauberwelt, dem Widerscheine seiner Unschuld und des Edens in ihm selbst.

Die Natur ist des Kindes dienende Umgebung, die Fortsetzung, die Ausströmung seiner gottverhüllten zeugungsseligen Sinne, eine Seelenverduftung, die wiederum zu Welt und Traum gerinnt.

*

Meiner Eltern Dörfchen bleibt in meine Seele gebannt. Das früheste Gesicht zeigt mir den Schauplatz meiner Kindheittage im Winter. Es ist kurz vor Abend, der Himmel bezogen, ein gelindes stilles Wetter, und keine Abendröte zu sehen. Rings von dicht bewaldeten Bergen umgeben, liegt das kleine Gehöft auf einer sanft ansteigenden Höhe, an einem großen gefrorenen See; und wiewohl kein Lüftchen um meine Wangen spielt, so schlagen doch die graubraunen Büschel der ungeheuern Rohrmassen, mit denen die Seeufer eingefaßt sind, Wellen wie ein Meer. In der Mitte aber blitzt, einem starren Glasauge ähnlich und wie zwischen den bewegten Augenbrauen eines Riesen der Eddasage (der sich in dieser Waldeseinsamkeit zur Nachtruhe niedergestreckt) das spiegelblanke gefrorene Eis. So erzeugt sich die nordische Mythologie im nordischen Menschenkinde fort und fort, vom ältesten bis zum jüngsten Tage.

Mit diesem dunkeln Wintermärchen kontrastiert wunderbar eine lichtgetränkte Sommerscene, ein Erntebild.

Über mir der blaue, wolkenlose Himmel, und mir zu Füßen die goldgelben hohen Stoppeln des Weizenstrohs, durch die ich mir mit meinen schwachen kurzen Beinchen in äußerster Anstrengung einen Weg zu den weit entfernten Schnittern bahnen muß, und so in ein Labyrinth von aufrechtgestellten Garben gerate, die alle viel höher sind, wie ich selbst.

Meine Pulse hämmern, meine Augen schwimmen im Lichtmeer, und an einer Stelle blitzt und glutet eine ungeheuere blankpolierte Scheibe von Dukatengold, so daß ich mit der Hand über den Augen nur mit Schmerzen und auf Augenblicke in das himmlische Schauspiel blinzeln kann.

Es war wohl der Schluß der Weizenernte, denn vom Abend desselben Tages steht mir eine fabelhafte Geschichte vor dem Sinn.

Ich stehe mit allen Hausmägden vor der Thür und eine hat mich vor ihren Schoß gestellt. Da hören wir ein Geklapper wie von einer Mühle, mit einem Gelächter und Geschrei, als wenn die ganze Welt närrisch geworden ist. In demselben Augenblicke reißt mich auch schon die Gesindemagd, meine besondere Beschützerin, bei beiden Ärmchen über ihren Kopf in die Höhe, damit ich die »Baba,« das alte Ernteweib, sehen soll, die den Rest des Wintergetreides bringt. Es war aber kein lebendiges Weib, sondern die scheußlichste lebensgroße Strohpuppe, welche die Phantasie erdenken kann. Sie saß auf einem Leiterwagen unter den Garben, und von ihrem Rocke bedeckt (wie mir hinterdrein offenbart wurde), mußte ein kluger Junge die alte Hexe auf- und niederbewegen. Alle Ernteleute sangen der Baba Spottlieder nach, und ein Stecken war vom Wirtschafter so künstlich an der hintern Wagenachse befestigt, daß er von den Speichen des Rades abgeschnellt, ein Mühlengeklapper, und wenn der Wagen rasch fuhr, eine kolossale Nachtwächterschnarre effektuierte. Diese tolle Wirtschaft ist in meiner Traumernte das Relief, und ein Schluß, wie er kurz vor dem Erwachen zu sein pflegt.

Mein lieber Papa war ein ausgedienter Husarenoffizier, der seine kleine Pension auf einem kleinen Gute, einer sogenannten Lemanstwo (Lehmannsgut), verzehrte, die aber, beiläufig gesagt, doch so groß war wie ein großes Rittergut am Rhein.

Mehr blieb dem Ärmsten von seinem bedeutenden väterlichen Erbe nicht übrig, wiewohl ohne seine Schuld. Die Sache schien mit einem Familiengeheimnis und einer bezüglichen Vormundschaft verknüpft, aus der ich nie recht klug geworden bin.

Der alte Herr war so wenig zu irgend einer Zeit seines Lebens ein Durchbringer und Wüstling gewesen, daß er vielmehr schon als Kornett im Rufe eines vorzüglichen Wirts und doch eines gastfreien Kameraden stand.

Der Soldatendienst hatte ihm nun vollends die größte Ordnung und Pünktlichkeit zur andern Natur gemacht, und so ging denn, ungeachtet des polnischen Gesindes, die Wirtschaft wie am Schnürchen; obgleich dieses bei seinen vielfältigen guten Eigenschaften und seiner natürlichen Anstelligkeit doch eben nicht mit einer besondern Ordnungsliebe und einem Sinn für Zucht und Regel oder gar für irgend eine Methode zur Welt zu kommen pflegt. Aber das kostete auch etwas: zum ersten Ärger, zum zweiten Prügel, zum dritten einen Schnaps.

Mit dem dritten Dinge war denn aber auch die Liebenswürdigkeit des polnischen Naturells etabliert; denn es ging alles so lustig wie zum Tanze und so leicht wie geschmiert, so daß man dem überall geschäftig anordnenden Wirt das heimliche Wohlgefallen an seinen sattgegessenen und heilbekleideten Knechten ansah; denn auf andern Gütern und beim Nachbarn, einem zur *drobna Szlachta* (zu den kleinen Edelleuten) gehörenden, noch kleinern Gutsbesitzer, wurden Vieh und Gesinde nicht zum besten verpflegt.

Mein lieber Vater aber war ein großer Pferdeliebhaber, ein berühmter Pferdekenner, zu seiner Zeit ein bewunderter Reiter und, was unendlich mehr wie alles das sagen will, ein Menschenfreund, ein liebenswürdiger Nachbar, ein grundehrlicher Mann, mit einem Worte, ein praktischer Christ, der nach dem Bibelspruch handelte und fütterte: »Du sollst dem Ochsen, der da drischet, nicht das Maul verbinden.« So ging es auf unserm Hofe her.

Verfolgten auch des Vaters große treuherzige kornblaue Augen, mit zusammengezogenen Augenbrauen, die kleinste angeordnete Arbeit mit der größten Peinlichkeit, so leuchteten diese Augen (welche Vieh und Pferde fett machten) auch von herzlichem Wohlwollen jedem, der etwas mit Accuratesse und Anstelligkeit vollbracht.

In solchem Falle profitierte auch der Schweinehirt einen Schluck Branntwein, ein Stück Brot oder einen schönen Dank.

Wenn ich aber über meinen Erzeuger von Kopf bis zu Fuß berichten will, so gehören, außer einem zerschossenen, etwas kurz gewordenen Bein und seiner Pudelmütze im Winter, seine beiden Dachshunde, die ihn in allen Jahres- und Tageszeiten auf Schritten und Tritten begleiteten und vor seinem Bette liegen mußten, demnächst aber seine beiden Lieblingsuhren zu ihm: nämlich eine massivgoldene alte Repetieruhr in seiner Tasche und eine noch ältere englische Achttageuhr in einem mächtigen eichenen Kasten an der Wand.

Wer diesen Urerbstücken und unvergleichlich erachteten Kunstwerken, welche der gichtbrüchige Inhaber, trotz seiner steifen Hände, Zeit seines Lebens regelmäßig selbst aufgezogen und gestellt hat, nur im entferntesten zu nahe kam, dem wurde gewiß von ihm in empfindlicher Weise noch näher getreten; und so betrachtete ich denn für meinen Teil jene Uhren mehr wie eine Art moralischer Wesen, als wie Dinge, mit denen familiär zu sein erlaubt ist.

Am Abend vor einer Getreideausfuhr, welche um vier oder fünf Uhr morgens losbrechen mußte, da sie an die sechs polnischer Meilen betrug (zu denen der Fuchs seinen langen Schweif zugelegt hat), wurde mit dem höchst submissen, pfiffigen und stets willfährigen polnischen Ökonomen (von den Leuten »Herr Ukumun« oder »Pan Pisarz« genannt) die eindringlichste Rücksprache genommen, und infolgedessen auch der Wecker der Wanduhr gestellt. Die Pferde brauchten etwa drei Stunden zur Abfütterung, somit mußten ihre Verpfleger um zwei Uhr von ihrem Lager aufgestört werden, das in einem Strohsack und einem schweren groben Federbett bestand. In der Regel lagen unter demselben ihrer zwei, falls es nicht einer von ihnen vorzog, separat auf dem Heuboden, wie ein Dachs eingewühlt, oder bei der *Krewnosc* (Blutsverwandtschaft) im Dorfe einlogiert zu sein.

An dem Nachmittag vor der Ausfuhr wurde das sogenannte Hecksel (Heckerling) für die drei Tage dauernde Reise besorgt; wurden die schmalgleisigen, leichten, aber ewig reparaturbedürftigen Wagen, mit all den Futter- wie Getreidesäcken hoch bepackt und mit Stricken beschnürt. Bei grundlosen oder hartgefrorenen und rumpeligen Wegen mußten überkomplette Räder, wie bei der Artillerie im Felde, hinten auf die Wagen gesteckt werden, zum Schluß wurde mit langen Hebebäumen jeder beladene vierspännige Wagen gehoben und wohl geteert. Die letzte Operation konnte aber erst kurz vor der Abfahrt vor sich gehen, weil über Nacht zu viel Teer von den Achsen abgelaufen wäre, falls man sie den Abend vorher geschmiert hätte: so gebot es die Ökonomie.

Das alles gab eine erwünschte Gelegenheit für meine Neugierde, eine wirtschaftliche Geschäftigkeit, und ich beutete sie so oft auf Unkosten meiner Hosen und Stiefel aus, daß ich für beteerte, auf dem Speicher bestäubte und dann wieder in Schnee und Regen durchnäßte, oder beim Mitarbeiten zerrissene Kleidungsstücke Denkzettel von meinem saubergebürsteten und kleiderschonenden Vater besah, wenn es ihm auch gleich hinterdrein wieder leid zu sein pflegte, wie das aus versöhnlichen und halbspaßigen Redensarten, oder andern bedeutungsreichen Manövern leicht abzunehmen war; z. B. aus so einem gewissen Griff ins Genick oder an die Ohren: alles etwa in der Weise, wie man einen jungen Hühnerhund, halb im Spaß und halb im Ernste, zu Appell zu bringen pflegt. Aber es war mir bei dergleichen Gelegenheiten nichts weniger als hundsföttisch, sondern sehr sohnlich, sehr lustig und sehr menschlich zu Mute.

Endlich hatten alle die Vorkehrungen auf dem Speicher, in den Ställen und auf den Dreschtennen, auf denen bei Regen und Schneewetter, oder zur Sicherheit gegen Diebe, die Wagen untergebracht wurden, ihr Ende erreicht. Es wurde dann zeitig Abendbrot gehalten und gleich hinterdrein das ganze Gesinde zu Bette gejagt; denn so war es am andern Morgen desto willfähriger und zeitiger wieder auf dem Platz.

Zu den gen Bethlehem Kommandierten gehörte auch meine Kleinigkeit. Ich durfte als eine Art von Kammerpage bei meinem Vater schlafen, schon um deswillen, weil dem vom Stickhusten geplagten Manne über Nacht ein tödlicher Anfall zustoßen konnte, und weil ich mich allen möglichen Dienstleistungen mit dem größten Eifer und mit einer Wachsamkeit unterzog, die kaum von den Dachshunden überboten wurde, falls etwas Besonderes, wie z. B. eine Getreideausfuhr, im Werke stand.

Die Mutter aber war oftmals leidend, überhaupt schwächlicher Konstitution, und sollte von meinem Vater, gleichwie von dem um vier Uhr vor dem Bette rapportierenden Wirtschafter, nicht gestört werden; sie gedachte meinen Papa Tag und Nacht zu pflegen, aber der alte Herr sträubte sich gegen jede Art von ärztlicher Zuthätigkeit und Medizin mit der resignierten Bravour eines alten Soldaten und mit komischem Zorn.

Nachdem ich selbst eine feine Weile im warmen Bettchen gelegen und noch eine absonderliche Wollust darin gefunden, daß ich, trotz des Verbots, einen der »Teckeln« von seinem Herrn fortgelockt und zu mir ins Nestchen genommen hatte, so hörte ich den Papa mit seinem eigentümlichen Tritt sich der Hausthür nähern, worauf ich schnell die hündische Konterbande aus den Federn und mir selbst das Deckbett über den Kopf warf, wie wenn ich im tiefsten Schlafe daläge.

Jetzt that sich die Thüre auf, an der das Betthündchen bereits seinem Herrn freundlich entgegenschnüffelte, aber sich etwas unsanft auf die Seite geschoben sah. Darauf der Anruf: »Junge, schläfst du schon?« Zur Antwort ein sehr vernehmliches Geschnarche. »Na, verstell' Er sich nur nicht, Dummerjan! Er hat gewiß wieder den Hund im Bette gehabt; er schüttelt und reckt sich ja noch vom Schlaf. Wenn ich das einmal sehe, dann setzt es was ab; das Tier soll nicht von mir fortgelockt werden, es ist just so ein »Herumdusler« wie Er, Patron!«

Der hündische Gescholtene schien ebenso gut zu verstehen, daß nicht alles in Richtigkeit sei, und zog sich demnach, da er nicht wie sonst kajoliert wurde, auf sein Lager zurück, während der andere Teckel um so zuthätiger erschien, wie wenn er sich freute, diesmal ohne Nebenbuhler zu sein. Ich selbst aber gab einige Kennzeichen, daß ich die Anmahnung vernommen, und verhielt mich dann ebenfalls attent und passiv.

Vielleicht daß noch eine kleine Hilfsleistung nötig, und durch dieselbe die gute Laune und Gunst des Papas wiederherzustellen war.

Ein gewisses gutmütiges Seufzen beim Pelzausziehen mit einem gemütlich gähnend und harmlos vor sich hin gesprochenen leisen: »Ja, ja!« und herzlich frommen: »Ach Gott, ja!« bekundeten bereits, daß der Scheltende schon wieder seiner friedfertigen Normalstimmung zurückgegeben sei. Jetzt stand der Entkleidete, die goldene Uhr bedächtig aufziehend, mit dem Samtkäppchen und in seinen Unterhosen vor dem weißgescheuerten großen Tische aus Lindenholz. Ich aber kann recht eigentlich »seinen« Hosen sagen, denn es waren kuriose Pluderhosen, von wer weiß wie vielen Ellen Leinwand, nach einem türkischen Schnitt, zu welchem der Inhaber das Modell aus der Ukraine oder der Moldau mitgebracht hatte, wo er in der Jugend auf Remonte gewesen und mit Türken in nähere Berührung und Freundschaft gekommen war, von denen er bei guter Laune manches erzählte und beschrieb. Diese moslemitischen Freunde hatten ihm unter andern Dingen auch einen buntgewirkten »Seidenpaß« (Schärpe) zum Andenken verehrt, den meine älteste Schwester nur bei extraordinären Gelegenheiten um ein leichtes Anziehpelzchen that, das für sie aus der alten Pelzenveloppe der lieben Mama durch eigene Hauskünste umgearbeitet worden war.

Nunmehr schien die Taschenuhr mit der bestimmten Anzahl von Schlüsselumdrehungen aufgezogen und mit der englischen Wanduhr verglichen zu sein, und demnächst wurde sie dann mehrere Sekunden lang ans Ohr gehalten, ob sie auch ordentlich und nachhaltig im Gange geblieben sei, worauf sie sich endlich über das Bett an ein rundgeschnittenes Tuchläppchen hingehängt sah.

Das scheint eine vollständige Beschreibung der Handhabungen mit der goldenen Repetieruhr zu sein, ist aber doch nur Skizzenhaftigkeit im Vergleich mit der Operation, die in der That vor sich ging. Denn diese bestand aus lauter moralisch bedeutsamen und poetisch accentuierten Momenten, aus buhlerischen Zärtlichkeitsbezeigungen und delikatesten Traktationen, die so unmöglich zu schildern sind, wie die Momente eines glückseligen Stelldichein.

Da wurde z.B. die Uhr nicht wie von ungefähr oder mit ungeschicklicher Hast oder ohne Vorbereitung aus der Hose gezogen, sondern mit Ruhe, mit allem Vorbedacht, und im letzten Augenblick mit der lüsternen Vorbegierde aus dem »ledernen Schnürbeutelchen« hervorgeholt, wie etwa ein Jude und Edelsteinhändler den kostbarsten Diamanten aus seinem Etui befreit und gegen das Licht spielen läßt.

Jetzt lag die ganze Pracht und Schönheit der Lieblingin in meines Vaters linker und hohl gemachter Hand; die blank geriebene, schwere goldene Kette hing hinterwärts durch die Finger gezogen, so daß die stattlichen Zwillingspetschafte noch ein gutes Stück über den Goldfinger und kleinen Finger herabbaumelten. Solchergestalt wurde die ganze Herrlichkeit einen Augenblick unmerklich in der Hand gewuchtet und das goldene Zifferblatt mit den schwarzemaillierten römischen Zahlen belugt; dann die Kapsel von Schildkrötschale mit den gichtsteifen Fingern, unter Zuhilfenahme der Nägel, mit zusammengebissenen Lippen, mit an die Herzgrube gedrückten Fäusten und dicht am Leibe gehaltenen Armen aufgethan; dann legte der Papa einen Augenblick die spiegelblanke Rundung des massivgoldenen Gehäuses in die hohle Hand, um so die goldige Politur mit unschuldigen Wollüsten auf der weichen Handfläche zu empfinden. Endlich sah man ihn mit denselben Schwierigkeiten und Manövern auch diese goldene Kapsel öffnen und auf das Taschentuch hinlegen, dann wieder mit der kasserollartigen Austiefung liebäugeln, welche das köstliche Uhrwerk unmittelbar zu umgeben die ausgezeichnete Bestimmung hat, und jetzt erst wurde der goldene Uhrschlüssel ganz leise und vorsichtig auf den vierkantigen Stahlstift gepaßt, der zu einer kleinen Öffnung des geheimnisvollen Gehäuses noch geheimnisvoller herausgucken darf.

So ungefähr, mit *et caetera et caetera* (z. B. mit Repetierenlassen), so gefühlvoll, symbolisch und fabelhaft ging das Uhraufziehen vor sich, wenn ich anders meine eigenen Zuschauerempfindungen, Gelüste und Phantasiestücke mit denen des Inhabers der Kunstuhr vermengen darf, der mir bei diesem Geschäfte jedesmal fast wie ein Künstler und Zauberer erschien.

Genug, die Aktion war solchergestalt vollendet und die Uhr an ihren Ort hingethan; nun wurde noch der Wecker an der großen englischen Achttageuhr gestellt, wurde mit dem selbstgezogenen Talglichte das schwimmende Nürnberger Nachtlichtchen in dem zur Öllampe eingerichteten Bierglase angezündet, wurde den Hunden die Unterlage zurechtgerückt und in die Winkel geleuchtet, ob vielleicht die Katze oder sonstwas Unrechtes da versteckt wäre. Da aber alles seine Richtigkeit hat, so setzt sich der sorgsame Hauswirt auf seine schlichte Reisebettstelle nieder, stellt die Pantoffeln fein ordentlich neben den Stuhl, auf dem die Kleidungsstücke mit militärischer Präcision zurechtgelegt sind, entsendet noch einen letzten Gebetsseufzer und streckt die müden Glieder zur Ruhe.

Bald war's auch mit meinen kindischen Gedanken am Ende, sie wurden wohl vom Weltgeiste oder von meiner eigenen Seele aufgesogen, denn ich hatte einen von kuriosen und unruhigen Träumen unterbrochenen Schlaf. Das Thema von der Ausfuhr wurde für mich vom Traumgotte auf die fabelhafteste und beängstigendste Weise variiert. Der Ökonom erschien zu wiederholten Malen vor meinem Bette, aber ich konnte mich weder ermuntern, noch aus den Federn heraus; dann sah der Vater nach der großen Uhr, und ohne daß er etwas sagte, wußte ich seine Gedanken, daß es nämlich gleich Zwei schlagen würde und daß es die höchste Zeit sei, die Gesindeköchin und die Knechte zu wecken. Auf diese Erwägung gewann ich die Kraft aus dem Bette zu kommen, aber dann brachte ich in keiner Weise das Ankleiden zustande: wenn ich die Hosen anhatte, so fehlten mir die Strümpfe, und sobald ich dieser habhaft geworden, so stand ich wieder im bloßen Hemde da. Mit einem Mal that das Klingelwerk der Wanduhr mit einer Ausdauer seine Schuldigkeit, wie wenn es Tote erwecken wollte.

Ich fuhr mit einem Satz und mit einem närrisch verstörten »Herrje!« in die Höhe, wie ein kleiner »Peitzker,« der vom Angelhaken losgemacht ist, als mir der Papa, der noch weniger geschlafen hatte und jetzt die Taschenuhr ein paarmal repetieren ließ, in gutmütiger Laune zurief:»Na, was ist dir denn, bleib' doch in deiner Bucht; die Knechte werden wohl ohne dich aufstehen; aber,« setzte er für sich hinzu, »ich selbst werde wohl heraus müssen, sonst verschlafen sie heilig die Zeit.«

Als er das gesagt hatte, hörten wir unsern Haupthahn krähen und die Nachbarhähne bis zum äußersten Ende des Dorfes durch die Stille der Nacht in perspektivisch abnehmender Stärke respondieren, was höchst seltsam ins Ohr fiel, obwohl wir es schon oft gehört hatten, und als schon alles verklungen war, kam noch höchst spaßhaftig ein ganz blutjunges Hähnlein wie mit einem fernsten Echo hinterdrein: das ist so der früheste Morgenhumor in einem Dorfs. Jetzt aber gab sich die laute Stimme des Wirtschafters auf dem Hofe mit einigen Lieblingsflüchen kund, vermutlich damit der Herr und männiglich erfahre, wie streng und geschäftig der Stellvertreter bereits auf seinem Platze sei; gleich darauf vernahmen wir seine im Schnee knarrenden Schritte und wie er auf das Haus zukam.

Das Nachtlichtchen war durch einen Zufall ausgegangen, ein Lichtstrahl fiel nun aus der Laterne des Ökonomen durch die herzförmig ausgeschnittenen Öffnungen der Fensterladen und spielte auf den gekalkten Wänden wie von einer *Laterna magica* her. Dann hörten wir die Schritte der gefrorenen Stiefel, wuchtig und mit knitterndem Pfeifen dicht unter unserm Fenster, so daß unsere Stubenwächter knurrend zur Thüre sprangen; und dann gab es ein Klopfen und Rufen nach der Magd, welche in der Küche im Totenschlafe zu liegen schien. Sie wurde indessen richtig zum Leben und Antwortgeben erweckt, klinkte eilends die Küchenthüre auf und schob dann mit einem hörbaren Frostschauern den Holzriegel auf, der in dem nach polnischer Weise gebauten schlechten Schindelhause die Hausthüre sehr vertrauensreich schloß.

Jetzt klopfte der Ökonom sich nach einem zur Köchin gesprochenen » *Téz to i mròz, ha!*« (Ist mir das ein Frost, ha!) den Schnee von den Stiefeln, so daß die laut aufbellenden Teckel beschwichtigt werden mußten. Nach einem plumpen Herumtasten an der Stubenthür, unter dem eigentümlichen Rascheln des Schafpelzes und mit einem Strome eiskalter Luft, stand dann eine baumstarke Popanzgestalt mit einer ewig zerbrochenen Stalllaterne in der Schlafstube zum Rapport. Mit einem » *Dzien dobry Jego mosci*« (Guten Tag dem gnädigen Herrn) und einer Verbeugung, bei welcher der Arm zur Erde herabreicht (einem sogenannten *upadam do nóg*, d. h. einem Fußfall), von polnischer Seite, und einem » *Wszysci wstali? – Tegi mróz!*« (Sind alle aufgestanden? – Es ist harter Frost!) von preußischer Seite begann das Morgenverhör.

Nachdem nun während desselben der Ökonom in seiner Holzlaterne mit blinden und geplatzten Scheiben unser Stubenlicht angezündet und sich selbst die bereiften Normalwonzen (Schnauzbart) gewischt hatte, ward ihm noch aufgetragen, das Einheizen, die Stiefel und den Kaffee zu bestellen, und damit trollte die vierschrötige Nachterscheinung wieder ihrer Wege, unter demselben Räuspern, Rascheln, Atemausstoßen und Lufteinlassen wie bei seinem Erscheinen, und nicht zu vergessen, mit einem herabfallenden Tritt von der Thürschwelle in ein ausgetretenes Loch des Lehmbodens, so daß er nicht im Augenblicke die Thüre zumachen konnte und der Hausherr sich hoch und teuer vermaß: das vermaledeite Loch mit aufgethautem Lehm ausstampfen zu lassen, was aber vorläufig doch über dringenderen Dingen unterblieb.

Mittlerweile war ich so munter geworden wie ein Eichhörnchen, so daß ich mich mit dem Papa um die Wette anziehen und ihm noch beim Zuknöpfen der Hosenträger behilflich sein konnte, währenddessen die Hündchen um uns herumsprangen und eine eigene Art von unterdrücktem Freudengeheule ausstießen, weil sie wohl merkten, daß es bald auf den Hof hinausging. Jetzt »buffte« es im Ofen, der von draußen eingeheizt wurde, daß die Kacheln dröhnten: das brachte den Alten wiederum in Harnisch und er rief der Magd durch die halbgeöffnete Thüre zu, daß sie so viel Stöße ins Genick abkriegen sollte, wie sie den Kacheln zukommen ließ.

Bei der Gelegenheit leuchtete ein wahres Höllenfeuer von der unserer Thüre gegenüberstehenden und geöffneten Küchenthüre herein, und es ergab sich denn, daß die Gesindemagd halbe Klötze und Stangen, die bis zur Erde langten, ins Herdfeuer geworfen hatte. Wiederum eine Strafpredigt und beinahe eine Exekution, die nur durch einen wirklichen *upadam ke nóg* abgewendet wurde.

Diese kleinen Abenteuer waren alle auf Pantoffeln und Strümpfen erlebt; jetzt kamen denn auch die großen und kleinen Schmierstiefel für uns beide und des Vaters Cichorienkaffee mit meiner Morgenmilch herein. Und als wir uns solchergestalt die Nüchternheit vertrieben und ich mir zu verschiedenen Malen bei meiner Hastigkeit das Mäulchen verbrannt hatte, obgleich der alles kontrollierende Vater mich mit einem »Junge, puhste doch!« ermahnt hätte, so wurde auch schon für die Knechte zum Frühstück geklappert, d. h. mit zwei hölzernen Hämmern auf ein hängendes Brett losgeschlagen, und nicht lange, so stürzten die so Gerufenen im Trabe, unter Plaudern und Kichern, mit Getrampel und Stiefelabklopfen und indem sie die Hände in die Seiten schlugen, zur Hausthür herein, und unerachtet sie sich selbst durch ein » *cicho!*« (stille!) zur Ruhe ermahnten, mit einem furchtbaren Gepolter auf die Küchenthüre los, und als sie ihre ungeheuern Portionen »Wassersatscherken« (Mehlsuppe von kleingeriebenem Roggenmehlteig) im Leibe hatten, mit noch größerer Hast und Ravage wieder zum Tempel hinaus.

Während der Frühstückszeit hörte man bereits die ersten Töne des wachen Lebens: Hundegebell, Holzsägen und die dumpfen Schläge des Schmiedes, der am Morgen immer am frühesten auf und in Thätigkeit ist.

Der sorgliche Papa war schon lange hinausgegangen, hatte mir aber bei der schneidenden Kälte die Begleitung untersagt. Ich folgte indessen allen Anstalten, Tönen und Orders auf dem Hofe mit gespitztem Ohr.

Jetzt schlug die Stubenuhr Fünf, und wie auf den Glockenschlag knallten die geteerten Peitschen; mit einem fürchterlichen » *wjih hih*!« auf die Pferde, die sich im Anziehen auf die Kniee legten, wurden die ächzenden und knarrenden »Puffschlitten« (unbeschlagenen Schlitten), die an den Schnee festgebacken waren, unter der angestrengtesten Hilfeleistung aller Hofleute, sowie des Wirtschafters und des Vaters selbst, losgemacht. Und dann ging es zum bretternen Hofthore hinaus, daß der gefrorene Schnee nur so pfiff. Mir kam er mit all seinen abenteuerlichen Tönen, mit seinem Pfeifen, Ächzen, Knurren, Knittern und Knarren fast wie ein verhextes lebendiges Wesen vor, dessen nicht zu gedenken, daß um die Weihnachtszeit der stärkste Schnee fiel, daß man Schneemänner und Schneeballen aus ihm machte, daß man auf seinem Rücken Schlitten fuhr, und daß er eines Augenblicks ebenso wundersam verschwand, als er vom Himmel herabgefallen war.

Eine Weile sah der Papa seinen Schlitten nach, dann kam er ganz erstarrt und bereift in seine schlechte Hütte zurück und die Hündchen hinterdrein. Mit einem: »So wollt' ich doch –« wurde die Unglücksthüre zugemacht, und dann waren wir beide wieder in der Morgenstille allein, die nur von der Holzsäge, den Amboßschlägen der Schmiede und dann und wann von einem Hahnenkräh unterbrochen wurde, als die liebe Mutter freundlich, teilnahmvoll und besorglich zu uns eintrat, wie sie sich immer finden ließ. Ich erblickte nicht sobald ihre so schmiegsame, weiche Gestalt und ihre so liebeberedten Gebärden, als ich mich ihr mit einem Enthusiasmus an den Hals hängen wollte, den der ebenso erfreute, aber an sich haltende und sonderbar vor sich hin schmunzelnde Papa mit den

Worten abwehrte: »Sei Er doch nicht albern und reiß Er die schwache Mutter nicht über den Haufen; Er denkt wohl, sie hat ebensoviel Kräfte wie Er Bullkalb?« Und damit war ich bei einem Flügel gefaßt und zur Seite »geschubst.« Die Mama aber sagte sanft abwehrend und entschuldigend: »So laß ihn doch schon, er ist ja heute wieder so früh aufgestanden, der arme Junge!« – Jawohl, armer Junge, wenn man eine so ewig gütige Mutter so vorzeitig verliert! Damals hatte ich mich auf die so oft vernommenen, so süß tönenden Liebesworte: »So laß ihn doch, den armen Jungen!« in ihre immer offenen Arme geflüchtet und an ihrem Herzen still mein Morgengebet gesagt! Sie schien zu fühlen, daß ein Spätling der Elternliebe nicht lange froh sein darf.

Als ich noch ganz klein war, hieß es im Hause: »Der Doktor wird kommen und der Mutter die Ader schlagen.« Ich hatte gar keinen Begriff, wie und warum man einem Menschen gerade die Ader zerschlägt und mit was für Instrumenten denn geschlagen wird. Als der Doktor kam, war ich verwundert, daß er ein ordentlicher Mensch sei und ungefähr so wie der Vater aussah; er war auch sein alter Regimentskamerad.

Ich aber hatte mir, ich weiß nicht mehr was für einen Menschen und mit welcher Ausrüstung gedacht. Wie nun der Mutter der Arm gehalten wurde, war ich ganz verwirrt vor Angst und Erwartung der Dinge, die da kommen würden; aber ich weinte doch nicht, weil ich sah, daß die Patientin ganz gelassen und weil der Vater dabei war, welcher der Mutter nichts zuleide thun ließ.

Als aber der purpurfarbene Strahl in die Höhe spritzte und der untergehaltene Teller voll Blut rann, da weinte ich jämmerlich, weil ich mir vorstellte, der geliebten Mutter müßte alles Blut auslaufen, bis sie tot wäre. Hernach habe ich oft daran gedacht, wie bedeutungsvoll das Bild einer Mutter ist, der ein Strahl Blutes aus dem Körper dringt; sie nährt ja ihre Kinder nicht bloß mit ihrer Milch, sondern mit dem Blute, das ihrem oft verwundeten Herzen entquillt!

»Buch der Kindheit.«

Kindersonntag.

O Sonne, die du freundlich, hell und warm,
auf meine Jugend niederblicktest, ach wo bist du!
Thomas Moore.

Haben wir großen Leute ihn auch, noch diesen Tag, an dem Gott der Herr ausruhte, diesen Kindersonntag, diesen zauberischen Tag, an dem sich alle Poesie und alle Andacht mitsammen vermählt, und der Himmel auf Erden zu Gast geladen ist?

Ist sie noch unser diese Sabbathfeier, der alle Natur zustrebt, wie alle Lebensbewegung einem Ruhepunkt?! Haben wir sie gewißlich bei Predigt und Glockenklang oder in Saus und im Braus?

Nein, es ist nicht mehr Sonntag wie sonst! Nur die Kindheit hat einen Sonntag, denn sie hat ihn *inwendig* voller Sonnen, es mag draußen schön Wetter sein oder nicht. Am Sonntag war in meiner Kindheit immer schön Wetter, in jeder Witterung und Jahreszeit; wie konnte ein Sonntag häßlich sein, wie war das möglich an dem Tage, da man mit dem *entzückenden Bewußtsein erwachte, daß wirklich Sonntag und nicht etwa Schulmontag sei!*

O über dieses Erwachen an dem immer sonnigen Sonntag! Wo die Wirklichkeit uns so heilig und schmeichelnd umfing wie der Morgentraum selbst; ach und so erwartungsvoll, wie wenn sich Wunder und Überraschungen in jedem Winkel versteckt hätten! Nur eine kleine Geduld und sie kamen hervor.

Ach an diesem Sonntage war nichts so wie am Schul- und Werkeltage; man sog ihn aus den Lüften, man trank ihn im bloßen Wasser, man erging ihn sich auf dem Erdboden, die Sonnenstrahlen blitzten ihn in die Seele, die Sperlinge zwitscherten ihn unter den fernen Orgeltönen der Kirche, die im Laub flüsternden Bäume erzählten ihn sich, der Morgenwind trug ihn im Aufgang der Sonne auf seinem Fittich, und überlieferte schon im Morgengrauen dem auserwählten Erdentage die herannahende heilige Zeit!

O Herr, mein Gott, nun war es wirklich Sonntag! Sonntag den ganzen, langen Tag, in allen Stunden und Minuten, Sonntag in jedem, Augen- und Sonnenblick! Sonntag in allen Pulsen und Blutstropfen, Sonntag in Sinn und Gedanken, in allen Kisten und Kasten, gleich wie in Seele und Leib. Man konnte nichts hören und sehen, nichts fühlen und empfinden, nichts wollen und denken, als eben ihn diesen Sonntag, diesen heiligen Tag! Er war *Mensch*, er war *Kind* geworden, oder wir Kinder waren zu lauter Sonntag verwünscht; ich kann's nicht so eigentlich sagen, aber so ungefähr mußt' es sein, nur viel schöner und wunderbarer, als man es aussprechen kann.

Mir schauerte jede Fiber am Sonntag Morgen in stiller Wonne und Andachtslust; mir war es immer, als wenn am Sonntage Engel unsichtbar zwischen Himmel und Erde auf und niederführen, als wenn der liebe Gott selbst allenthalben umherwandeln müßt'. An diesem Tage empfand ich mit hellsehenden Sinnen das süße Geheimnis des Lebens, und die Schönheit der Welt; der Sonntag hatte mir Augen und Ohren, Seele und Leib und alle Organe verwandelt, wie das etwa mit der christlichen Taufe einem Mohren und Heidensohn geschieht. Dieser siebente Tag blitzte mir im Eingeweide und in der Seele umher, daß ich nicht zu bleiben wußte, es war mir allzu heilig und allzu schön in der Welt. Man mochte ansehen und erleben, was man wollte, es war das anders wie am andern Tag. Es war das alte und doch nicht das nämliche Ding, es war vom Sonntag verklärt und gefeit, von seiner Magie umflossen, alles wie in einem seligen Traum. Nicht nur die Menschen und Tiere, die Häuser, die Gassen, die Bäume, die Winde, die Wasser, die Wolken, die Lüfte, die Wetter und Jahreszeiten – vor allem Himmel und Sonnenschein –; sondern auch die Stuben, die Hausgeräte, die alten Tische, Stühle und Bettstellen in unsrer Kinderstube hatten eine unsagbare Bedeutung, eine *Sonntagsphysiognomie*! Es hatte sie der Erdboden unter den Füßen und ich empfand es, der *Gassenkot* hatte sie *auch*. Totes wie Lebendiges wußte und bezeugte, daß Sonntag sei! Am Sonntag gab es nichts Gemeines, nichts Totes und Garstiges auf Erden und im Leben, alles war sinn- und bedeutungsvoll, war heilig wie im Himmel, webte und schwebte im heiligen Geist.

Die Glorie, die Weihe des Sonntags, umduftete und durchschauerte, sie verwandelte, belebte und heiligte alles von Anfang bis zu End'. Ein Jegliches konnte auch ohne Sprache vom Sonntag erzählen, die lauterste, die sprechendste Symbolik umfing alle Dinge und Lebensarten, alle Kreaturen und alle Spielwerke an diesem auserwählten und hochheiligen Tag. So war mein Gefühl und meine Empfindung vom Sonntage! o wollte Gott, es könnte heute so sein!

Zur Kinderphysiognomie.

O über die *Kindermärchen!*

» *Wer bricht mein Haus, wer bricht mein Haus?*« ruft die alte Hexenmutter den im Walde verirrten Kindern zu, die auf dem Pfefferkuchendach sitzen und sich's gut schmecken lassen; und das Brüderchen und Schwesterchen antworten mit ihrer Unschuld himmlischem Witz: » *Der Wind, der Wind,* das *himmlische Kind!*« Welcher Professor oder moderne Poet kann *heute* noch so ein Kardinalmärchen erfinden!

Ein Pfefferkuchendach und auf demselben ein Paar im Walde verirrte Kinderchen, in Hunger und Luft. – Welcher Magisterverstand vermag so im Sinn und Bedürfnis der Kinderphantasie zu erdichten, und dann wieder die mutterwitzige, kindlich schöne, echt idealisierte Antwort »der *Wind,* der *Wind,* das *himmlische Kind!*« Ich hab' es nie *klar* verstanden, und doch in meiner Kinderphantasie so wunderbar überdichtet, so tief empfunden, in Herzensschauern, in Gesichten von Himmel und Erde zugleich, daß ich's nicht sagen kann!

Die Metapher war meinem Verstande, aber sie war nicht meiner in Naturempfindungen verzückten Seele zu kühn! Daß der Wind was Göttliches und Himmlisches sein müsse, empfand ich schon in dem wirklichen Wind, der Wind im Märchen war aber von einer ganzen Geister Scenerie accompagniert. Meine Phantasie hat immer eine Mondnacht dazu gedichtet, denn es mußte schon spät sein, als die Kinder an das Haus kamen, und nun trieb der Wind die leichten Wolkenschleier der geisterblickenden, silberglänzenden Mondscheibe vorüber, und es war mir so, als müßten die *Seelen* der Kinder irgend wie mit Himmel, mit Mond und Winden in Zusammenhang und im Einverständnisse stehen, und sie selbst waren die Engel, die den Wind aus ihren Backen bliesen, wie ich das auf Kirchenbildern gesehen hatte. So war mir das, und viel schöner, als ich es heute versteh'.

Soeben höre ich eine köstliche Naivetät. Ein klein Schwesterchen schenkt ihrem zur Akademie gehenden Bruder Studiosus ihren ersparten Sechser, mit dem ernsthaften Bedeuten: » *hier hast du drei Thaler, lieber Ludolf* (Rudolf), *tauf dir dafür acht doldne Dutaten* (kauf' dir dafür acht goldne Dukaten).« Das arme Dingelchen konnte nur bis Achte zählen, und goldene Dukaten waren ihr von der Amme als das köstlichste Geld und Gut vorgestellt worden.

Was ist das doch für eine himmlische Zeit, wo einem ein Stück Geld so viel gilt, als man eben will und mit Worten benennt, also in *casu* ein Sechser drei Rthlr. und dann wieder auch acht goldene Dukaten; was ist das für eine echte Märchenpoesie, wo ein Ding eben zu dem wird was der Sinn denkt, das Herz wünscht und das unentweihte Wort sagt, das es eben sein soll. Es ist aber ein charakteristischer Zug kleiner Kinder, daß sie meinen, ein Geldstück könne für so viel ausgegeben werden, als man seinen Wert ganz ernsthaft mit Worten benennt und angiebt.

> O du Kindermund!
> Vogelsprache kund!

Lebensinbrunst und Spielgenie.

Das weiß der Henker, auch die Kinder verstehn heut' nicht mehr so glückselig zu sein wie sonst, ihre Spiele verlieren an Einbildungskraft wie an herzlichem Witz.

Von den Genannten und andern großen Leuten will ich nicht reden, denn diese werden bekanntlich durch die neuerdings immer schwierigeren Staatssorgen so ganz vom Ernst absorbiert und allem Spaß abwendig gemacht, daß sie freilich kein Genie zu einem Spiel außer dem *Kartenspiel* übrig behalten; aber auf die Sextaner, die Quintaner und insbesondere auf diejenigen *Aner*, welche noch gar nicht in die Schule, weder in die griechisch-lateinische, noch in die politisch-kosmopolitische, sondern nur im Kinderröckchen gehn, auf diese sollte sich doch wohl die alte Spielkunst und Spiellust vererbt haben! Aber es ist dem nicht so!

Was uns vormalige Bälge, Kinder, Rangen, Schuljungen, Pensionsbefohlene, oder ganz Freigelassene betraf, so schuf sich unsre immer fruchtbare und aufgelegte Phantasie aus Scherben oder aus Schuhbürsten, oder gleichviel woraus, alles was ihr eben von nöten war. Wenn wir neues Spielzeug erhielten, vergruben wir mit wehmütigen Empfindungen und mit einem Vorgefühl der Endschaft, die alles Ding hienieden erreicht, die alten abgedankten Spielsachen in einem Winkel des Hofraums oder des Gartens, um sie zu ihrer Zeit als etwas zufällig Gefundenes, als einen entdeckten Schatz aufzugraben und mit alter Liebe in unsern Spielhimmel wieder aufzunehmen. Wir machten Buden und Keller, Grotten und Kindergärtchen und allerlei Bauwerk an dem verstecktesten Ort. Wir gruben uns künstliche Teiche und Seen und ließen Flotten darauf schwimmen. Wir sorgten uns zum Winter Holzäpfel und Holzbirnen (in Westpreußen Hölzken und Kruschken genannt) ein. Wir agierten Begräbnis und Jahrmarkt, wir waren Räuber, Gerichtsbüttel und Delinquenten, wir spielten Himmel und Hölle, und wer den Teufel darstellte, graute sich vor sich selbst wie vor einem wirklichen und objektiven Teufel. Wir kriegten viele Prügel und machten einen Witz daraus, einen poetischen Graus, ein romantisches Abenteuer, oder wenn man lieber will, eine Art von Naturnotwendigkeit und unabwendbarem Schicksal, von dem die Jugend betroffen würde, wie etwa die Saaten vom Hagel. Ich wenigstens habe es meinen Vorgesetzten keinen Augenblick verdacht, daß und *wie* sie mir Vergißmeinnicht streuten; denn es war mir immer so, als müsse das ordentlich so sein, als werde alles nur im Auftrage Gottes und der Kulturgeschichte an mir vollstreckt. – Ein Bengel und eine Portion Prügel, das schienen mir zwei Dinge, die so unzertrennlich zusammengehörten wie etwa der Ausklopfer und der Rock. Meiner Ehre widerfuhr da in meinem Gewissen so wenig ein Tusch, daß sie vielmehr aus jeder handgreiflichen Affaire noch reiner und glänzender hervorging, ähnlich wie bei den irrenden Rittern *per tot discrimina rerum.*

Ich las zufälligerweise schon in jenem zarten Alter den Don Quixote und kann nicht sagen, wie sehr mich vor allen Dingen der philosophische Gleichmut und der honette Anstand gerührt haben, mit denen der Ritter von der traurigen Gestalt so überaus viele Prügeltraktamente ignorierte, wie wenn sie nur fremd an ihm vorübergegangen wären, da sie ihn doch ebenso nahe angegangen sein mußten, als den bei solchem Wetter immer äußerst ungebärdigen und empfindlichen Sancho.

Meine mir einmal zudiktierte, und wie ich immer dafür hielt, sehr wohl verdiente Portion stoisch entgegen zu nehmen, ohne Geschrei, ohne Greinen, ohne Abbitten, Grimmassieren und allerlei alberne Wendungen des Körpers; nicht minder aber auch ohne irgend einen bemerklichen Trotz und Grimm, das schien mir von jeher, und schon vor meiner Mitleidenschaft für den Ritter von La Mancha, Grundbedingnis eines tüchtigen Jungen. Daß ein solcher dumme Streiche mache, galt mir ebenso sehr für den natürlichen und ordentlichen Lauf der Welt, als daß diese seine Streiche in Rückwirkung andere dergleichen erzeugten, die ihrerseits den Rücken oder die Modesten inkommodierten. Ich war in diesen Stücken so grundvernünftig und einsichtsvoll, daß ich sogar entschieden ungerechte Bedienungen als ein bloßes *praenumerando* mit gewohnter Gemütsruhe und Harmlosigkeit entgegen nahm, und mich nur dann opponierte, wenn dergleichen Eventualitäten bei nächster Gelegenheit nicht von der frischen Auflage subtrahiert wurden. In solchem Fall ließ ich mich skrupulos finden, sonst war ich wirklich, und besonders für die damalige Zeit, ein sehr gutes Kind, denn ich war gut auszuhaun. Was auch immer in meinen oder in meiner wahlverwandten Genossen poetischen Bereich kam, es mußte unsrer alles verwandelnden und bezwingenden *vis poetica* dienen. Unsre Lachlust und Einbildungskraft, unsre Glückseligkeit fütterte sich von den *dis*paratesten und *des*peratesten Dingen. Uns war alles und jedes ergötzlich und spielgerecht, es mochte herkommen, von wo es wollte und beschaffen sein, wie es Lust hatte. Ich könnte mich müd' und matt erzählen von unserem Spielgenie und Spielgemüt. Ich könnte mich tot reden von unserer witzigen Glückseligkeit, die selbst den widerwärtigsten Stoff so zu traktieren, das verfänglichste Malheur so in die Segel abzufangen wußte, daß alles nur unser Kinderglück mehren durfte, statt ihm einen Abbruch zu thun.

Alles ward uns zu allem, wir waren Zauberer, denen die Elemente, die unscheinbarsten Stoffe und alle Dinge zu allem dienen mußten, wonach dem Herzen eben gelüstete. Lebendiges oder Totes, gleichviel, uns war alles lebendig, alles gleich lieb. Was gar nicht da war, oder so war, wie wir es eben brauchten, das dachten und phantasierten wir uns so zurecht, wie uns gelüstete, und es stand dann neugeschaffen vor unserm innern Sinn!

Der Sommer und Frühling waren uns himmlische Jahreszeiten, der Herbst und Winter genügte aber nicht minder unserer Lebhaftigkeit und Einbildungskraft. Wie geschäftig, wie vorsorglich that man im Oktober mit den Eltern in die Wette, wenn Obst und Gemüse aus dem Garten eingekellert und alle möglichen guten und besten Dinge eingeschlachtet, eingemacht und eingesorgt wurden!? Mit welcher wollüstigen Trauer sah man die Störche ziehn, Flur und Wald sich verwandeln und veröden! Und wenn der Wind nun über das braune Erbsstoppel ging, wenn er welke Blätter vor sich herfegte und in dem goldgelben, immer zitternden Espenlaub alle die glitzernden Herbsttinten durcheinander funkeln ließ, wenn die letzten wilden Gänse abzogen, die Schwalben sich in das Rohrdickicht einsamer Waldseen, oder in die Flußufer verbargen, wenn die armen Leute hastiger Holz und Strauchwerk zusammenschleppten, die letzten steinharten Winterholzbirnen von den Bäumen herabgeschlagen wurden, wenn sich alles von Tage zu Tage, von Stunde zu Stunde, bedenklicher, bedeutungsschwerer gestaltete und verwandelte, die Tage so trübe, so rauh und so karg, die Nächte so traumlang und todesfinster wurden, und alles, alles sich zu einem ganz andern Dasein, zu einer ganz andern Weise, zu einer andern Welt anschickte; wie ergriff das unser Kindergemüt! Was auch immer die Elemente prozessierten, es wiederholte sich in unsrer *Seele*; so ereignisreich, so erwartungs- und verwandlungsvoll, so dramatisch hindrängend zu einer gewaltigen Krise, zu einem großen, letzten Akt und Schluß wie in der Herbstnatur, so todesgeschäftig und doch so voll einer beseligenden Hoffnung und Gewißheit eines schönern Erwachens war es auch in uns.

Endlich fanden wir eines Morgens im Spätherbste die erste dünne Eisrinde auf dem Wiesenbach oder dem Teich. Nun war die neue Welt, die neue Ordnung der Dinge in Wirklichkeit *da*! Der geheimnisvoll vermummte, der zum Tode erstarrte, der obstinat knarrende, der popanzig-grauenhafte, gespenstisch-humoristische und doch so viel Vertraulichkeit erweckende, so viel Märchen und Spukgeschichten, so viel Fest- und Weihnachtspoesie, so viel Glaube, Liebe und Hoffnung, so viele wunderbare, absonderliche *Lust* in sich schließende und verheißende *Winter*, den wir nordische Menschenkinder so gemütlich apart für uns haben, mit seinem himmlischen Metamorphosentheater, mit seinen eingeschneiten Föhrenwäldern und Waldbrüchen, mit seinen krystallnen Brücken, auf welchen die leichtfertige Schuljugend viel geschwinder einbricht als die schwere Artillerie, dieser schnakische und fabelhafte Winter mit seiner Eiszapfenpoesie, an der sich die durstigen Gassenjungen just so wie honetter Leute Kinder Zuckerkandis erphantasieren und Husten erlutschen, mit seinen hungrigen Sperlingen und dummdreisten Goldammern, auf welche vielbesagte Jungen als auf deutsche Kanarienvögel so eifrig und doch so vergeblich Jagd zu machen pflegen.

Dieser in Stürmen heulende, Schneeflocken wirbelnde, alles Leben nach außen versteinernde, nach innen aber zu traumseliger Poesie und Liebe erweckende *Winter hatte nunmehr von der Welt Besitz genommen*. Glücklich der, welcher *einen alten Schlittschuh* hervorfand, der desperaten Falls nur in einer alten Messerklinge bestand, die in ein Holz eingekeilt war.

Nun fiel der *erste dicke Schnee*! Wieder ein Jubel, wieder ein Festtag! Man zimmerte an einem Schlittchen mühseliger und betriebsamer wie Robinson Crusoe an seinem Klotzkahn, den der Ärmste doch zuletzt liegen lassen mußte. Man schnitt und hackte sich binnen kurzem so sehr in die Finger, als es mit den ziemlich stumpfen

Schneidewerkzeugen nur immer möglich war. Nun wurden an den Hausknecht, den maliziös zusehenden Kutscher und an andere kunstfertige Leute die stürmendsten Liebkosungen spottwohlfeil verschwendet; das verhalf endlich richtig zu einem Schlitten! Ging die Sache sehr gut, so wurden auch unter die Kuffen ein Paar dünne Eisenstäbe beschafft, und sollten sie in aller Unschuld des verzweifelten Begehrs sogar von einem altmodischen Kammerfenster weggebrochen und gestohlen worden sein.

Jetzt war die halbe Welt unser, wir konnten ja auf unserm Schlitten in die schneeweiße und himmelblaue Möglichkeit hineinkutschieren! *Hineinkutschieren* wohl gar über den gefrornen See in den jenseitigen geheimnisvollen Wald. Huh! Wie der Schnee unter den Füßen knarrte, das war mal schön, und wie das dunkel durchsichtige Eis so grausig lustig unter einem krachte und platzte, das war noch schöner wie schön! Heiliger Gott! Wir Dorfpensionäre begegneten einst einem Fuchs. Herr Reinecke mit dem weltberühmten Fuchsschwanz träumte wahrscheinlich von einer fetten Gans und ließ sich auch ohne dies ziemlich ruhig betrachten, denn er mochte eben keine gefährlichen Jäger in uns verspüren; nun ward er aber mit furchtbarem Hussa in die Flucht getrieben und bombardiert. Das waren Heldenthaten! Das war ein Jagen! Wo hat man hinterher von solcher Nimrodslust gehört! Ein Tier der Wildnis, mit eignen Augen an Waldes Saum, an geheimnisvoller Stätte geschaut und aufgejagt, wer ermißt das, selbst wenn er ein englischer Fuchshetzer oder ein singhalesischer Elefantenjäger ist!

Man zerschlug sich die *Nase* beim Herabfahren von steilen Bergen, wenn das schlechtgesteuerte Rutschvehikel, das in Ermangelung von etwas Schicklicherem oft nur in einer Hand voll Erbsenstroh bestand, gegen einen Stein anprellte, daß man kopfüber zu liegen kam. Man erfror sich Nase und Ohren und sonstige Extremitäten, man brach ins dünne und ins dicke Eis, und kriegte eventualiter Prügel, es war aber alles wunderschön, denn es gehörte alles zum Leben und Dasein und mehrte beides, füllte die Seele und stärkte das Gedächtnis; wie konnte es da ein Malheur sein!? Man war ja lebendig, man war in einer Welt voller Abenteuer und voller Wunder, und zu seiner höchsten Verwunderung miterschaffen und mit auf der Welt! Man hatte Augen und Ohren, und eine Zunge, nicht zu vergessen, um Birnen, Äpfel und alle andere guten Dinge damit zu schmecken; ein Paar Beine, um sich aus freien Stücken damit allenthalben hinzuversetzen, ferner an die zehn unnützen Finger, um damit allen möglichen Schabernack zu verführen. Man war abgefüttert, und wenn man nicht weiter in der Schule schikaniert oder von Leibschmerzen und Präservativmitteln, z. B. von Rhabarber und Zitwersamen inkommodiert war, so wußte man sich seiner Glückseligkeit und Daseinswonne gar keinen Rat! Man jauchzte, daß man drauflos leben durfte, was brauchte man mehr? Das bloße Wörtchen: *lebendig* schloß für mich wenigstens von jeher alle sieben Himmel des Hochgenusses und der Wunderbarkeit in sich. Ich konnte rasend werden vor Verwunderung und Wonne darüber, wie doch das eigentlich sein könne, daß ein Ding so mir nichts dir nichts *lebendig* sei. Eine Kreatur, gleichviel welche, Katze oder Hund, Vogel oder Wurm, vor allen aber freilich ein *Vogel*, war mir bloß durch die Vorstellung des Lebendigen ein Mysterium. Nie, nimmer hab' ich hernach so die Poesie des Lebendigen und Kreatürlichen erfaßt, als in jener kindlichen Paradiesesunschuld und Glückseligkeit, wo die Seele ganz und gar berauscht ist von dem Wunder und der Schönheit der Welt.

Ein Vogel, ein junger Sperling und sein Herzschlag in meiner Hand, ein Fisch aus dem Netze geholt und betastet, um jeden Preis angefaßt, mit allen *zehn* Fingern, mit *zwanzigen*, wenn man zwanzig Finger gehabt hätte, das war ein Magnetisieren, das gab eine Hellseherei!

Mein heiliger Gott! Wohin sind diese Zeiten und Wonnen! Wohin diese erste Naturerkenntnis in Seelenunmittelbarkeit und Sympathie im Liebesrausch mit allen Elementen und erschaffenem Sein! Oder wo ist ein Ding so nichtsbedeutend und garstig in dieser Zeit, daß es dem wundersüchtigen, dem liebedurstigen und schöpferischen Kindersinn mißfiele, daß es ihn langweilte in dieser kurzweiligen Zeit?

Nicht nur der Himmel und die Gestirne verhießen Wunder und Spektakel; hinter Wald und Hügel, hinter jeder Hausecke barg sich ein süßes Geheimnis des Lebens und der Welt. In jedem Strauch und in jedem Winkel war etwas Unerhörtes versteckt, man durfte nur hinzutreten, um es herauszuklopfen, und so sprang es uns in den Schoß!

Wer hat uns damals so geärgert oder verletzt, daß wir ihn wirklich gehaßt, daß wir ihm nicht in der Zeit verziehen hätten und bevor er uns Abbitte gethan!?

Wer war wohl so unglücklich und niederträchtig an Physiognomie, an Lebensart und Gestalt, daß wir ihm mißtraut, daß wir ihn nicht über kurz oder lang zum Herzensfreunde gemacht hätten! Wo ging wohl ein Unsinn je vor sich, der uns nicht ein Tiefsinn gedünkt, oder unsere Einbildungskraft, unser Gedächtnis laß gefunden hätte!

Diese Spielchen, Märchen, Verschen, Spielsprüchelchen! O über all den verlornen poetischen, glückseligen Unsinn!

Man wärmte sich mit unendlichem Wohlbehagen am Kaminfeuer und hinter dem Ofen; aber man fror auch *con amore* in der Schneebude, die man sich mit krebsroten und hundertmal schlechterdings den Dienst versagenden Fingern auferbaut, in der Schneefestung, die man erstürmt und dann wieder verteidigt hatte.

Man träumte so selig im Schlafe und kriegte doch Schläge, daß man nicht zeitig genug zu Bette gehe und hinterdrein wieder nicht einschlafen wollte oder konnte, weil man zu wach und zu lebenslustig war. Heut' kann man vor Sorg' und Gedanken nicht schlafen und vor aller Erschöpfung nicht mal im Traume poetisch sein. Lessing soll nie geträumt haben. Ach wenn doch die Leute nur in diesem Stück alle Lessinge wären, damit es wenigstens keine *prosaischen Träume* gäbe, wie es der wach nüchternen Lebensläufe und bereits der *prosaischen Kindheiten* giebt. Es ist was Entsetzliches darum!

Heute Morgen peitscht man vor meiner Thür einen hübschen, kleinen Jungen. Was hat denn der Ärmste verbrochen? Ach nichts! Seine Eltern sind heute Nacht bloß bestohlen, und das berichtet der kleine Mitabenteuerer seinen Kameraden, kaum daß er die Hosen auf dem Leibe hat (er muß sie noch mit der Hand festhalten), in vollster Freude des neuen Erlebnisses mit den begeisterten Eingangsworten: »Denkt euch mal was Wunderschönes, wir sind in der Nacht ratzenkahl bestohlen, die Spitzbuben haben alles geholt!«

Kein Mensch, der den Gewinn des großen Loses zu referieren gehabt, könnte so glückselig drein gesehen haben, als der kleine Unglücksvogel, da er von dem Malheur seiner Erzeuger herumzwitschern durfte. Mein guter Junge, du wirst für schlimmere Sünden einst Rechenschaft zu geben haben! Diesmal erfreute sich deine unschuldige Seele nicht an dem Malheur, sondern nur an der Historie, an dem Einbruch und seinem dramatischen Element, an der Poesie einer Neuigkeit und des unerhört Nächtlichen im Alltäglichen, des Unheils, das aus der Philisterruhe aufstört, vor allem aber an der Ehre des ersten extraordinären *Miterlebnisses*.

Warschau von Sonst und von Jetzt.

An *Warschau*, meinen *Geburtsort*, knüpfen sich meine frühesten Erinnerungen. Wundersam ist es, was in der Kinderseele von den ersten Eindrücken aus einer großen Stadt für ein *Allerlei* der *disparatesten Dinge* zurückbleibt, wie scharf und physiognomievoll eben das Geringfügigste und Zufälligste gefaßt wird, und wie nichtsdestoweniger die *schreiendsten Kontraste*, ähnlich der Traumwelt, in einem und demselben Grundton ausgefärbt und abgedämpft sind, wie alle die Konfigurationen der illusorischen Kinderwelt von *demselben* Klima und Evolutionsprinzip, von *derselben* Vegetation und Existenzart Zeugnisse geben.

Das ist aber eben der wunderbare Grundcharakter der *Naivetät*. Im Traume wie im Kinderdasein ist die *grellste Mannigfaltigkeit* durch eine und dieselbe Lebensfühlung und Stimmung zur Einheit gebildet. An dem einfältigen, liebenden Sinn, an dem naturheiligen Organe des Kindes hat auch der tollste *Metamorphosenwechsel* das gesunde Gegengewicht, welches nicht sobald eine moralische oder logische Verwunderung aufkommen läßt; wogegen die gelehrten und erwachsenen Leute, selbst bei heiligen und poetischen Gelegenheiten, Prinzip, Zusammenhang, Übergang, Vermittlung und Möglichkeit auf profane und Ärgernis gebende Weise in Rede stellen und kontrollieren. Was auch immer an Kuriositäten, Dissonanzen und Überraschungen in den Gesichtskreis des Kindes springt und in seine Phantasie, das wird, ähnlich wie es von einfältigen Landleuten in der Feenoper geschieht, ohne kritisch-historische Vertretung der Einzelmomente, nämlich in Bausch und Bogen und wie wenn alles ebenso und nicht anders sein müßte, entgegengenommen. Vom absoluten Wunder des Lebens ist die Seele des Kindes, wie des Menschen aus dem Volke, ein für allemal erfüllt, und die Grundbewegung ist von Haus aus Glaube, Andacht und Wundergefühl. Somit kommt es denn in dem einen massiven Wunder des Lebens, in welchem alle Dinge wie in ihrem angestammten Elemente bestehen und auf ihrer Wurzel wachsen, nicht mehr auf eine skrupulos vergleichende, analysierende, auswägende und klassifizierende Wunderkritik an.

Das Kind greift sich allerdings mehr noch wie der große Mensch aus der großen Welt eine kleine und aus dem großen Weltwunder ein besonderstes *Schoß- und Lieblingswunder* heraus; aber die Grundstimmung und Lebensfühlung ist dabei immer eine und dieselbe und das Kopfzerbrechen nie ein kritisch-profaner Prozeß, der das Wunder in *Vernunftverschiß* erklärt, nachdem er das Leben inquiriert, inkriminiert und abgeschlachtet hat.

Wenn ich nun so in meine Warschauer Kindheit als in meine erste Heimat zurückpilgere, und die Seele von dazumal sich wieder zu der Seele von heute heranfindet; so giebt das, um beim Bildlichen zu beginnen, ein fabelhaftes und doch ein wunderbar *einheitlich* geformtes und gefärbtes Chaos von Riesenpalästen, Kirchen und Schindelkabaken, von Prachtstraßen, großen Plätzen und kotigen Gassenquirlen, von bekaftanten Juden und Schlachtschitzen, desgleichen von Doroschken, Kibitken und Equipagen, von Äpfelweibern, Brotbuden und Prunkkaufläden, von Schnapsbutiken, Straßengarküchen und fürstlichen Hotels, kurz, eine Welt aus aller Welt Elementen, Lebensproben, Lumpen, Fetzen und Kulturfragmenten zusammengepascht, und so ist es mit Ausnahme der Baulichkeiten in den Hauptstraßen auch noch diesen Tag.

Die himmelschreiendsten Existenz- und Bildungskontraste, verzweiflungsvoll romantisch Stirn an Stirne gerückt, sinken und steigen, sticken und gurgeln da in demselben giftigen Miasma, gären, brodeln und brauen sich da in demselben scheußlichen Hexenkessel zu einer europäisch-orientalischen Staatsmenage und Politik.

Zu preußischer Zeit hatte sich das slawische und katholische Prinzip auf ganz unaussprechliche Weise an der deutschprotestantischen Bildung und Lebensart kontrastiert, und beide Elemente erschienen wiederum in einem leisen Duft von orientalischem Sein ausgefärbt, der das Schisma differenter Existenzen wie in einem poetischen Nebel enträckte.

So hatte ich instinktmäßig das Leben der polnischen Hauptstadt im Spiegel meiner Seele reflektiert, und so repetierte ich es in den ersten Tagen meiner Wiederkehr, bis vor der entsetzlichen Wirklichkeit die Illusionen und Morgenträume der Kindheit verschwanden wie Fata Morgana hinter dickem Nebel und Rauch. Ach, dieses *Warschau* ist heut' ein Rendezvous von aller Welt Schaudermysterien, von Bildungsprätensionen und Bestialität, von Üppigkeit und Hungerleiderei, von Bildungsessenzen und Bildungsexcrementen, von Schmutz und von Prunk, von Damendelikatesse und Prostitution, von Affektationen und Excessen. Ein Sprachenbabel ist diese wundersame Stadt, ein Labyrinth von verzweifelten Politiken und Intriguen, von Resignation und Sybaritismus, von politischen Martyrien und solchen Verbrechen, von Lebensvergeudung und Lebensverkümmerung, von Freiheits- und Sklavensinn, von wahnwitzigen Zuversichten und einem verzweifelten Atheism. Alles in denselben Sündenbrodem, in dasselbe Chaos getaucht! Ein scheußlicher *Quirl* von Juden, Spionen, Hetären, Glücksrittern und Kupplerinnen, von Barbaren der Barbarei und der Civilisation in ein und denselben Subjekten, *alle dem Acheron entgegentreibend*. Das sind die Radikale, das ist der Fünftelsaft, die Physiognomie und die Nativität der unglückseligen Stadt.

Wie ich seit meiner Kindheit zum erstenmal wieder und zwar als schwabenmündiger Mann, als brütender Gedankenfabrikant, seine Gassen durchwanderte und mit den alten Palästen und Scenerien die alten Lebensarten und Traumseligkeiten aus der Kinderzeit nach und nach wieder aus dem Seelenabgrund heraaftauchten, da war es mir auf Augenblicke, als wenn ich das alles auf einem andern Planeten erlebt hätte.

Wie viel Tage, wie viel Monden und Jahre, wie viel Herzpulse, Lebensprozesse und Lebensgeschichten können sich doch in wenige Stunden, ja in einen Augenblick konzentrieren!

Und doch wiegte mich dieses Warschau in süße Träume, und doch schmeichelte mir dieser Brodem und Kot wie Lüfte und Äther aus Eden; denn es ist ja mein Geburtsort, der Ort, wo meine Wiege stand.

Der Genius meiner Kindheit, ihre unschuldigen Historien liegen da begraben; mit ihnen wandelte ich durch das moderne Sodom und Gomorrha, durch das jüngste Chaos europäischer Schauergeschichten und erblickte nur die guten Geister einer heiligen Kinderzeit.

Warschau und die Lebensarten daselbst zu preußischer Zeit.

Man denke sich eine ganze Stadt fast von Kirchen und Palästen, mitten inne öffentliche *Prachtgärten*, freie Plätze und begitterte Prachträume vor den Palästen. Man denke sich diese Scenerie belebt von allen Spektakeln des orientalischen Luxuslebens, eines Adels von königlichem Geblüte, von Woiwoden und Starosten, die, wenn auch ohne politische Bedeutung, ihre frühere Herrlichkeit und Gewohnheit nicht vergessen und ihre Reichtümer noch nicht verloren hatten. Auf den Gassen und Marktplätzen immerdar ein Gewimmel von Schacherjuden, Soldaten und national gekleideten Edelleuten vom Land, von Fremden, von politischen Abenteurern, Glücksrittern und Virtuosen aus allen Sphären und aus allen Enden der Welt. Ein Babel von allen Sprachen und ein lebendiges Museum von allen Lebensarten und Trachten in Europa, um nicht zu sagen, in Asien und Afrika; denn auch von daher waren die Proben nicht selten in Zigeunern, Russen, Türken und Armeniern, und auf einer Staatsequipage saß sicherlich ein Mohr. Desselbigengleichen zwischen russischen Kibitken und zwischen Karren mit blaugrauen podolischen Ochsen bespannt, jagende Doroschken und Prachtkutschen, zuweilen mit Läufern vorauf und mit fahrendem oder berittenem Gefolge wie mit einem Kometenschweif angethan; hinter und vor jedem zu Fuß stolzierenden Edelmann oder auffallend gekleideten Fremden aber ein Andrang von Juden, Faktoren, deren jeder seine Dienste, Waren und Wissenschaften rekommandiert. In allen Straßen Ungarweinkneipen, Kawiarnien (Kaffeehäuser) und Restaurationen auf Flacki und Zrases (eine Art Beefsteaks oder polnischer Klops). Für die Bürgerklassen Gartenvergnügungen, Bierhäuser auf Luftbier und süßes Haferbier (mit Zucker und Reismehl zum Moussieren gebracht). Vor allen Hotelportalen, in allen Durchgängen, in allen Winkeln, auf allen Plätzen Obst-, Wurst- und Brotbuden, Buden mit warmen Volksmahlzeiten, dann wieder mit Pfefferkuchen, mit Mackakigi (Mohn mit Honig zu kleinen Plätzchen gebacken), mit Johannisbrot, Apfelsinen, Feigen, Datteln und Lambertsnüssen, Schnaps- und Metschenken aber für Juden- und Christenpöbel eine Million! *Hoi da dinna dinna* juchzende Bauersleute und kleine Schlachtschitzen *(drobna Szlachta)* die ganze Welt voll. An Sonn- und

Feiertagen eine wogende See von gleißend bunt geputzten Landleuten hinter all den Kirchenprozessionen mit Fahnen und tragbaren Muttergottesaltären und mit brennenden Wachskerzen unter Glockengeläut. An allen Werkeltagsabenden auf allen Gassen die Schimka und scharmanta Kathrinka, das ist: Leierkasten, Guckkasten, Schattenspiel an der Wand, Puppentheater hinter dem Schirm. In allen Kneipen Bierfiedler und Judenmusik, besoffne Mazurken und Krakowiaken, was die Absätze und Lungen herhalten wollen. Zur Abwechselung mit all dem christlichen Spektakel auch noch Juden- oder Zigeunerhochzeiten, wenn die Bauernhochzeiten eben ausgingen. Endlich als Intermezzos Hinrichtungen, Mord, Prügeleien und Spitzbubengeschichten ohne Abreißen, die Kriegs-, Occupations- und Einquartierungshistorien nicht zu vergessen. Und zu dem allen eine liberale, mitlebende, stets bestechliche Polizei. Das war mal eine Wirtschaft, das war ein Leben, das war der Himmel auf Erden, wenn man da so mitten drunter und drinnen sein konnte! Und das machte sich für meine neugierige und auf Abenteuer stets erpichte Kindheit durch Vermittelung des Gesindes, der ältern Geschwister und der mancherlei Hausfreunde ganz wundervoll und wie von selbst!

Mein Vater war Stadtgerichtsdirektor, zugleich Anwalt und Notar, er hielt eine große Kanzlei, und wir hatten ein apartes Haus und Hinterhaus inne, mit Stallungen und Remisen, auf dem *Tlomacke* Hof. Wir hatten ein Landgut, eine Stadtequipage, Kutscher und anderes Gesinde, und auch die Hausoffizianten thaten mir schon einen Gefallen, da ich hinterdrein von den Abenteuern kurios und lebendig genug zu berichten verstand, und im Notfall wußt' ich sogar meiner Mutter Amme, die alte Neumann, meine ordentliche Pflegemutter, so lange zu persuadieren, daß sie mit mir ging, wohin ich wollte. Ach, es war eine bunte, eine köstliche, eine überall *aufgelöste* Zeit!

Jedermann vom ersten bis zum letzten, Kinder und große Leute, Herren und Diener, Fremde und Einheimische schienen stillschweigend darin übereingekommen und nur der einen Lebensphilosophie beflissen, daß eben eine Übergangszeit, eine Interimshistorie absolviert und ausgefüllt, daß von der Oberfläche geschöpft und schnell gelebt werden müsse, ohne viel Vorbereitung, Sittlichkeitskrupel und Pedanterie. Eine alte Zeit war von Napoleon, dem welthistorischen Philadelphia, vollends kopflos gemacht, eskamotiert und über Seite gebracht worden, und jetzt spekulierte der moderne Saturnus auf die altgläubigen, altbackenen Deutschen und ihren historischen Zopf. *Scilicet*: die Zöpfe hatten sie sich wohl Skandals halber abgeschnitten, aber *der eine* Zopf, der Urzopf, den ihnen der deutsche Gott und die deutsch-vorsündflutliche Weltgeschichte gemacht hat, der hing ihnen hinten wie von Anbeginn, und der konnte dem heroischen Toilettenkünstler ebensowenig Stich halten wie die Zöpfe und die Herzen, die dazumal vor dem Helden von Europa bekanntlich allesamt in die Hosen fielen. Das fühlten alle, und so verzweifelte, resignierte, verbrüderte, übertäubte, entpuppte oder verpuppte man sich. Alles das je nach Lebensalter, Temperament, Bildung, Aussicht, Ansicht, Einsicht, Zuversicht, Courage oder Desperation.

Wie meine lieben Eltern und großen Geschwister gesonnen und gestimmt waren, könnte ich nur aus fragmentarischen Äußerungen späterer Zeiten und aus einem Allerlei von farbenschillernden Eindrücken sehr unzuverlässig erspekulieren, darum mag es auf sich beruhen; aber so viel kann ich wohl mit Bestimmtheit vermelden, muckerhaft, pedantisch, sittenrichterlich, schismatisch und kopfhängerisch waren meine Eltern keinen Augenblick ihres Seins. Für Reformatoren und Propheten hielten sie sich auch nicht. Zum schlappen *juste milieu* gehörten sie nie, und so werden sie wohl nicht schlimmer wie die Schlimmsten und auch nicht besser wie die Besten gewesen sein.

Aber das lohne ihnen Gott im Himmel, daß sie mich durch ihr Beispiel Kameradschaft und *Menschenliebe* lehrten, daß sie nicht Umgangsekel mit Volk und Gesinde thaten und sich von meinem Gaffen- und Gesindeverkehr keine Vornehmigkeit affektierenden, sittlichkeitsprüden Pädagogenskrupel ergrübelten, sondern nach Möglichkeit meinen natürlichen Inklinationen und allen unverfänglichen Gelüsten und Natur-Geschichten in mir so lange den Zug ließen, bis es eben an der Zeit war, am Steuer mit einem guten Ruck die vernünftige Laufbahn und Lebensart zu markieren. *Probatum est*, es hilft gewiß, wenn man die *Natur* nicht vornherein zum Narren macht, mit einem sublim ausgeklügelten Popanz von gefaselter Objektivität, von Schulvernunft und leidiger Konvenienz.

Königsberg und seine Poesie für poetische Leut'

Es ist ein Moment in der Entwicklungsgeschichte des Menschen, daß in der *ersten Jugendzeit* das Saitenspiel der Brust von so vielen eben erwachten Trieben wunderbar zu den seltsamsten, die *ganze Tonleiter* der Gefühle stürmisch durchlaufenden Accorden gerührt wird, *denen zur Poesie nichts fehlt* als das *fassende Wort.* Jeder Jüngling ist um die Zeit, wo er Helenen in jedem Weib erblickt, ein halber Naturdichter, und der normale Zustand besteht darin, daß er dies nicht weiß.

Wenn ich an Königsberg denke, und mein Herz den süßen Traum der Kindheit zurückträumt, wenn vor meiner sinnenden Seele diese nordische Handelsstadt auftaucht, umwoben vom Schimmer einer heiligen Lebenszeit, verklärt im magischen Lichte des Kinderdaseins und des Kinderglückes, das mich dort umfing, wenn ich so recht inne werde, wie diese Erlebnisse und Traumgesichte, wie die Elemente des nordischen Lebens und der Bildung dieser Stätte der alten Preußen in mir durch so viele Jahre Seele und Leib und ein *Königsberger Herz* geworden sind; dann muß ich mein Geschick beklagen, das mich von meiner wahren Heimat fern hält, von dem Stück Erde, das mir das liebste auf Erden ist.

Ich weiß es wohl, es dünkt einen frostigen *Süd*deutschen und sogar einen in der Poesie überall auf den Sand gesetzten *Berliner* dreimal kurios, wenn er nur *einmal* von einer Poesie Königsbergs reden hört, von dieser kalten, farblosen, nordisch ökonomischen und nordisch melancholischen, von dieser tristen und toten, dieser altväterisch gearteten und modern-politisch aufgestutzten, abgedankten Residenz. Poesie und *graue Erbsen* mit *Schemper*, Poesie und graue Erbsen mit saurer und süßer Sauce und noch einmal graue Erbsen mit Überziehschuhen, die der ostpreußische Magen mitaufessen muß, wenn er satt werden will, das scheint der modernen Ästhetik eine lächerliche Inkonvenienz, aber im ostpreußischen Herzen ist es die schönste Harmonie. Mit dem Spotte über Königsbergs Poesie geschieht mir indessen schon recht, und er ist nur die Vergeltung der schlechten Witze, die mir auf Unkosten anderer über andere Orte entwischt sind. Alle entlassenen Worte und Werke kehren nach ewigen Weltgesetzen zu ihrem Autor zurück, sie treten ihm als

Fatalität und rächendes Gespenst in den Weg, wenn sie gemein waren; begleiten ihn aber als gutes Glück, sobald sie nobel und liebenswürdig sind. Ich habe das unlängst in meinem lieben Königsberg erlebt; denn als ich nach zwanzigjähriger Abwesenheit meinem Bangen nicht länger Gewalt thun konnte und dahin reisete, wo ich immer sein möchte, so war mir's, als wenn sich die Leute beredet hätten, ich solle aus dem poetischen Vorurteil und der schönen Illusion nirgend heraus. Wen ich auch ansprach, der sprach wieder zu mir als ein rechter Mensch, und wo ich nur anklopfte, ward mir freundlich aufgethan und herzlich, wenn's die Herzenspforte war, in die ich eingelassen sein wollt'.

Die Leute merken einem an den Augen, an den Nasenflügeln die Sympathien und die Antipathien an, und wie man die Welt ansieht, so sieht sie einen wieder an. Der gute Genius weckt überall den guten und der böse den bösen Geist. Die Welt ist überall das Echo unsrer eignen Herzensstimme. Wie man in den Wald schreit, schallt es wieder zurück. Wir entschuldigen uns zuletzt, den Leuten nichts gethan zu haben, aber das ist eben unsre Anklage; denn wir sollen den Menschen etwas thun und zwar was Liebes und Gutes, wenn nicht aus Herzensdrang, so doch aus Politik; denn was wir ausgeben, nehmen wir wieder ein. Alles kommt über kurz oder lang zum Menschen und zur Stelle zurück, das ist das Grundgesetz des Verkehrs, der Politik und Ökonomie für die Personen wie für die Staaten. Was man sät, das soll man ernten, und welcherlei Kapital man austhut, derlei Zinsen bezieht man. Kein Kapital bringt aber seine Prozente sicherer und gerechter als das Herzenskapital. Was auch Menschen und Orten nachgeredet wird, so schlecht ist die Welt in der schlechtesten Kreatur und im schlimmsten Winkel nicht, daß man für ehrliche Lieb' und Treu' das Gegenteil einnehmen müßte. So viel von unserem Unrechte in der Fremde, und nun noch ein bißchen von meinem Herzensrechte, von dem schönen Rechte, meiner Königsberger Heimat eine Poesie zu vindizieren. Es ist ein kurios kitzliches Thema, den Leuten eine Poesie einzureden, die sie nicht von freien Stücken honorieren. Vielleicht erbaut sich aber ein Menschenkind daran, dem seine Heimat auch ein Paradies ist, und dafür mögen denn die Unkindlichen, Heimatlosen, Unheimlichen, Weltbürgerlichen mit der Parole » *ubi bene etc.*« ein Paar Blätter überschlagen. Bei jedem schlägt ja die Poesie auf einer anderen

Stelle durch, und doch schlägt jedem an derselben Seite sein Herz. *Poesie* ist, wie das *Leben* selbst, *nirgend* und *überall* und vielgestaltig wie das *Leben* mehr im *Subjekt*, in der Stimmung, als im *Objekt*, mehr im organischen Herzpunkt als in der mathematischen Vernunft *peripherie*.

Ich las mal irgendwo die mir aus dem Herzen gestohlene Bemerkung: »Ist denn das, was bei einem Jahrmarktstreiben in der Seele der Bauersleute schauert, nicht auch eine Poesie?!« Gewiß, gewiß! und wie oft eine seelenvollere, herzlichere, einbildungskräftigere Poesie als das, was ein gedankenstrapazierter, herzbeutelschlapper und klassisch-pedantischer Doktor, Magister und Ästhetiker von Profession hinter diesem oder jenem Klassiker in *forma probante* reflektiert. Und wie es nun eine *Jahrmarktspoesie* in Plundersweilern, gleichwie auf der Leipziger Messe oder in Nishnij-Nowgorod giebt, so giebt es auch eine Poesie der Winters- wie der Sommerszeit, eine des Nordens wie des Südens, eine solche der Ökonomie und der Dürftigkeit wie der Üppigkeit und Profusion, eine Poesie der Melancholie wie der jubelnden Lust, eine der grauen Erbsen mit Überziehschuhen und bei vollem Magen wie eine Hungerpoesie von Orangen, ohne Strümpfe und Schuh', eine Poesie in Stint und Pomucheln, gleichwie eine neapolitanische von Seespinnen und Eselswurst! Zur Poesie gehören überall und allemal zwei Faktoren, ein Objekt und Subjekt zugleich. Zuletzt aber entbindet sich aus jeder Seele dieselbe Empfindung des Lebens, dasselbe Gefühl des heiligen Geistes und der Welt, dieselbe Intensität des Herzens in Freude und Schmerz, in Liebe, Glaube und Hoffnung, und so wird der Torfmoor zur Poesie wie der Citronenwald.

Wahrhaftig, unser Herrgott ist kein neidischer, kein vornehmer und gelahrter Gott. Er hat die Wahrheit und die *Schönheit* nicht in irgend einem Winkel verborgen, sondern offenbar gemacht vor aller Welt, all überall, für alle Organe. Und so empfindet jeder die Mysterien des Daseins auf seine Weise, und es sind nicht die geschmackvollen Sonntagskinder, die Genies, die Künstler, die professionierten Poeten allein, denen es vorbehalten ist, die *Poesie* der *Welt* in ihrem vornehmen und geschmackvollen Versteck oder *au contraire* an den renommiertesten Glanz- und Gipfelpunkten einer von unserm Herrgott selbst arrangierten *Ausstellung* von Natur- und

Kunstwundern, von allerlei Musterbildungen und Extraexistenzen zu studieren.

Die *Poesie* und *Glückseligkeit,* die echte *Menschenbildung* und *Menschenstimmung* ist kein Stapelplatz, kein Zeughaus und Museum, kein Rezept von so und soviel zusammengetrommelten Kardinal- und Patentschönheiten, die nur in solcher und in keiner andern Komposition, Kombination und Menage die allein richtige Bildung und Lebensart ausmachen; sondern sie ist *mehr eine Innerlichkeit als eine Äußerlichkeit,* mehr eine Einfalt und Leidenschaft des Herzens, eine konzentrierte Stimmung und eine Illumination als ein raffiniert üppiger, witzig kombinierter *haut-goût* von pikanten Extrakten aus aller Welt.

Es ist eine Narrheit mit allen Argumenten minder oder mehr, aber man kann sie gut thun; denn der Eifer für oder wider und die Bemühung, Proselyten zu machen für sein Glaubensbekenntnis und das Himmelreich seines Urteils oder Vorurteils, ist doch besser und herzlicher, als die modern beliebte Resignation, Bemessenheit und Objektivität, die in vornehmer Dicknäsigkeit und Apathie alle Lebenswerte annulliert, alle Heiligtümer säkularisiert, sich für und wider nichts ereifert und in Summa weder leben noch sterben kann, wo es einmal in Haß oder in Liebe zu leben und zu sterben gilt.

Die scherzhafte Konklusion »Irren ist *menschlich* und je mehr man irrt, desto menschlicher ist man« hat für unsere Zeit eine sehr ernsthafte Bedeutung. Oder wo sollten denn zuletzt die Charaktere und die *Leidenschaften* herkommen, wenn sie lediglich in den Dramen und Romanen verblieben, woher die Tragödien und die Komödien, wenn das Leben selbst den poetischen Bankerott erklärt hat?! Wie will denn aber irgend eine Poesie, wie will das Leben, der Lebensprozeß und die Weltgeschichte bestehen, wenn alle persönlichen Schwachheiten, wenn alle Einbildungen und Einfältigkeiten des Herzens, wenn alle Extravaganzen und Absonderlichkeiten des Genies, alle Lebensarten, alle Affekte und Humore alten Stils, im Interesse der modernen *Vernunftobjektivität* ein für allemal in Verruf erklärt worden sind? Gewiß, eine *absolut vernünftige* Welt wäre das *unvernünftigste* Ding von der Welt! Lassen wir es wenigstens *so ein bißchen* beim alten, bis das neue Weltprinzip sich zu dem littera-

risch-ätherischen Leibe noch einen Körper in Fleisch und Bein zu-
gebildet haben wird!

Die Komödianten.

Eines Sonnabends Nachmittag, wo jeder von uns überaus ver-
gnügt und wohlgemut dem köstlichen Sonntag entgegenlebte, von
dem gar nicht abzusehen war, was er alles für Überraschungen,
Herrlichkeiten, Abenteuer und Hochgenüsse in sich bergen möchte,
da erfüllten sich bereits unsre Ahnungen und es schlugen *Trompetentöne* an unser Ohr; so war denn auch kein Haltens mehr, und die
gewöhnliche Ordnung der Dinge absolviert. Großer Gott, was er-
blickten unsere Augen: Reiter mit blanken Helmen und spanischen
Mänteln, einer vorauf in einem goldenen Brustharnisch. Es waren
keine Kürassiere, aber Komödianten. Komödianten! schrie die em-
pörte Dorfjugend, die hinter dem Spektakel drein lief, und in die
Trompetentöne mischte sich das entsetzliche Geheul der Dorfköter,
die dergleichen in ihrem Leben so wenig erblickt hatten, wie wir
selbst. Auch Frauenzimmer waren da zu Pferde in gestrickten Bein-
kleidern, und mit silber- und goldgestickten Tuniken. Ein prächti-
ges Weibsbild schlug die große Trommel, und eine spielte sogar die
Klarinette mit allen zehn Fingern, während ihr kleines Pferdchen so
zahm wie ein Hund ohne Leitung und Zügel ging. Dieser kleine
Pony oder Gotländer, wie ihn mein Pflegevater nannte, hatte eine
goldgestickte, scharlachne Decke. Alle anderen Pferde waren mit
prächtigen Decken, mit Federbüschen, mit schlangenkopfbesetzten
Zäumen und solchen Schwanzriemen geschmückt, mit einem großen Schlangenkopf, so groß wie eine Faust, vor dem Stirnriemen,
ein Wunderding, dessen alleiniger Besitz unser einen reich und
glücklich gemacht hätte. Und diese Leute sollten binnen weniger
Stunden, heute am Abend schon, im Kruge Herkulesforcen, gym-
nastische Künste, Taschenspielerkünste und Balancen, morgen
Nachmittag dagegen vor einem geehrten Dorfpubliko und hoch-
wohlgebornen Landadel Bereiterkunststücke produzieren; einer
aber zu morgen Abend, wenn die Einnahme großmütig ausfiele, aus
Dankbarkeit gratis Feuer fressen, auf glühenden Pflugscharen tanzen, in geschmolzenem Blei stehn und glühend Eisen sogar mit der
Zunge ablecken.

Jetzt war *mein Verstand ruiniert*, meine Einbildungskraft zehntau-
sendmal überholt, überritten und von diesem Feuerfresser ins Maul
gesteckt. Geschmolzen Blei, bloße Füße, glühend Eisen und eine

nackte Menschenzunge, welche glühend Eisen wie Bonbon lutschen sollte, ich selbst aber erschaffen und annoch lebendig, um dies alles nach all' dem andern Wunder, falls es mich nicht vor Lust umgebracht hatte, mit diesen meinen beiden Augen zu sehen und zu erleben, das war zu viel.

Die Welt ging mit mir in die Runde, und als die Komödianten in den Krug zurückgeritten waren, lief ich wie rasend in das Feld hinein, um meine fünf Sinne zu examinieren und genau herauszubringen, ob ich denn wache oder träume, ob ich tot oder lebendig, oder was mir sonst widerfahren sei.

Die Erlaubnis, bei allem unter der Obhut unseres Nachbars, eines alten Tischlers, gegenwärtig zu sein, und alles in allem mit ansehn und erleben zu dürfen, war gleich vorneweg auf die ersten stürmischen und fußfälligen Bitten von unserm herzlieben und grundgütigen Pflegevater erteilt worden. Es kam jetzt nur noch darauf an, so lange leben zu bleiben, bis die Zeit und Stunde herankam, in der die erste Produktion losgehen sollt', was mir um so bedenklicher schien, da mein Busenfreund, ein Junge von ebenfalls sehr lebhafter Phantasie, mir alles Ernstes seine Besorgnisse dahin eröffnete: daß er sich nicht denken könne, wie wir das alles wirklich sehen und erleben sollten, und wie gewiß bis zum Abende, wo noch lange hin sei, weiß Gott was alles dazwischen kommen, und uns dieses Glück entführen könne, sei es, daß die Komödianten sich noch anders besännen, oder unsre Erlaubnis zurückgenommen würde, oder aber – der schlimme Prophet vollendete nicht; aber ich ergänzte stillschweigend aus seiner Unheil weissagenden Miene: oder daß bis dahin die Welt untergeht, die Sonne vom Himmel fällt, der Himmel selbst einfällt und uns alle totschlägt. Solches geschah indessen nicht. Der Abend kam, nachdem er, das kann ich beschwören, zehnmal so lange wie gewöhnlich auf sich hatte warten lassen, endlich heran, und wir zogen mit Herzklopfen den Abenteuern entgegen, die unser warteten. Wir gelangten an, ohne unterwegs die Beine zu brechen, oder zu verschwinden, wie ich fast fürchtete. Wir sahen, wir stierten, wir verschlangen mit sinnverwirrtem Gemüt so viel, wie kein Großer mit zwölf Paar Reserveaugen gesehen haben würde. Man muß es gesehen haben, um es zu glauben, nein, das half nichts, man sah es und glaubte es doch nicht. Unsre alte Köchin sagte, es ginge nicht mit rechten Dingen zu, die Komödianten hätten dem Publiko die Augen behext, sie wisse aus ihrer Jugend eine Geschichte, wo ein solcher Schwarzkünstler eine Ente hätte ein Fuder Stroh ziehen lassen, als ein Mädchen mit einem Bierkleber[2] im Graskorbe gerufen hätte: Leute, was wundert ihr euch denn! Der Erpel hat ja nur einen Strohhalm am Fuße!

Was würde aber die Köchin gesagt haben, wenn sie vollends am andern Abend gesehen hätte, was wir noch obendrein sahen; wenn sie gesehen hätte, wie der Feuerkönig mit glühend Eisen und geschmolzen Blei so lustig familiär umging, wie mit Eis und Schnee. Ach hier machte ich schon als Kind die Erfahrung, *daß allzuviel wieder zu wenig sei.* Diese, allem Naturlauf zuwiderlaufenden, durchaus meinen Sinn und Verstand umkehrenden Feuerkünste verdummten und verstimmten mich ganz und gar. Ich wußte kaum mehr, was oben und unten, was rechts oder links war, und bezweifelte den Boden unter meinen Füßen, um so mehr, da mir niemand sagen konnte, wie die Sache zuging, und ob denn der Künstler anderes Fleisch und Bein habe als jede andere Kreatur. Die Köchin bestärkte mich vollends in meinem Glauben an Übernatürlichkeiten, da sie es gewissermaßen als eine Sünde erklärte, solchen Hexenkünsten nur zuzusehen; denn daß ein rechter Christ nicht Feuer fressen und so hantieren könne, müsse sie am besten wissen, da sie seit vierzig Jahren mit dem Herdfeuer zu thun habe. Was nun aber die Pferdekünste betraf, so hatten dieselben bei mir insofern einen Nachteil gehabt, als sie einmal hinter den für mich wunderbareren Taschenspielerstücken und Balancen, sodann vor den Feuerkünsten produziert worden waren, die mit ihrer höllischen Perspektive alle Gegenwart gewissermaßen verschlangen. Daß nichts destoweniger aber auch diese Pferdekünste mit offnem Munde und mit Wachsfigurenaugen und mit einem Pferdegedächtnis entgegen genommen wurden und heute noch darin leben, wie an jenem Zaubersonntage, das versteht sich von selbst.

Ich liebe diese Komödianten, diese Taschenspieler, Vagabunden und Tausendkünstler heute noch als Leute, die sich ein unschätzbares Verdienst um die Phantasie und Poesie, kurz, um die Biographie und Glückseligkeit des Volkes und der Kinder erwerben, und ich bedaure ihre allmähliche Verminderung seit meiner Kindheit, wo

---

[2] Vierblätteriger Klee.

sich auch noch *Zigeuner* blicken ließen, die man in Preußen gar nicht mehr sieht.

Puppenspiel im Dorfkruge.

Am andern Morgen konnt' ich nicht begreifen, wie da nur
zwei Thürpfosten sein sollten, wo abends zuvor so viel Herrlichkeit gewesen war.

Wilhelm Meisters Lehrjahre.

Jeder hat wohl in seiner Kindheit Puppenspiel gesehen; aber jeder
auf andere Manier. Und so will auch ich meine Abenteuer erzählen
trotz Wilhelm Meister; ist doch jeder der Herr und Meister seiner
Biographie.

Von ordentlichen Marionetten, von einem Metamorphosentheater, wie es der Künstler Schütz zu Potsdam einst ins Werk gerichtet
und auf Reisen aller Orten gezeigt hat, ist hier keineswegs die Rede;
wohl aber von einem *unverfälschten Dorfpuppenspiel* hinter einem
Bettlaken oder Schirm, wo der Künstler seinem Personale ohne
Ausnahme unter den Rock greift, und indem er seine Finger in die
Puppenärmel steckt, auf jeder Hand eine Figur, also nur zwei ver-
ehrliche Schauspieler auf einmal in Aktion produzieren kann, falls
er nicht noch mit Hilfe von Weib und Kind über einen bühnen-
künstlerischen Beistand disponiert.

Mein Künstler war ein Jude und ein Bauchredner obenein, aber
ich greif' mir vor und will hübsch in der Ordnung eines hinter dem
andern berichten, wie es sich für so gemütliche und wunderwürdi-
ge Dinge schickt und gebührt, und in Wirklichkeit begeben hat im
Jahre 1810, im Dorfkruge zu T***.

Es war im Spätherbst, und die ganze Welt, mithin auch unser
Dorf, voll Regen und Kot, und eine Finsternis durch Tag und Nacht.
Da kam der schöne Sonntag heran, und mit ihm diesmal noch eine
freundliche Sonne, den fabelhaften Dorfschmutz und die Greuel der
Herbstwege zu beleuchten. Jedermann fühlte sich bei solcher himmlischen Freundlichkeit umgestimmt, und in der Hoffnung auf bal-
digen Frost und trocknere Wege getröstet; aber ich nicht, denn ich
war keinen Augenblick traurig gewesen, weil ich dem Gassenkot,
nach echter Kinderart, die Poesie des *Abenteuers* abgewann und
nach Herzenslust im tiefsten Schmutz die Dichtigkeit und Dauer

meiner neuen Schächtstiefeln erprobte. Der gröbste Unrat ward nach vollbrachten Experimenten beim Bauern Langfeld mit Erbsenstroh abgerieben, und der Überrest in der Küche durch die von mir bestochne alte Köchin vor dem Ofen und Herdfeuer mit Scheuerlappen und Fettbürste vertuscht, so daß damals niemand Excesse an meinem Fußwerk wahrgenommen hat. Heute war nun vollends *Sonntag* und an diesem himmlischen Tage, dem alle Kinderherzen jedesmal mit unverminderter Freudigkeit und Erwartung entgegenschlagen, da war auch der Dorfschmutz kein Alltags-, sondern ein Sonntagsschmutz. Als ich nun so diese Sonntagsseligkeit mit *vollen* Zügen in mich schlürfte, daß ich wie berauscht und der Überzeugung war, es könne nun gar nichts Schöneres in der Welt mehr geben, als eben den *Sonntag* und die Freiheit, mit ihm nach Herzenslust ohne Beaufsichtigung zu verkehren. Es war Nachmittag, da fing es mit einem Mal an zu *schnarren*, wie wenn es Nacht und Feuerlärm wär'. Solche Töne vernehmen und ihnen wie unsinnig entgegenstürzen, war bei unsereinem das Werk desselben entzückten Augenblicks. Der tiefe Gassenkot vermehrte bei dieser poetischen Gelegenheit die Satisfaktion; denn rücksichtslos durchmessen, spritzte er seinem Geometer, wie jedermann um die Ohren, der im nächsten Umkreise ebenfalls zu Fuß unterwegs war, dessen nicht zu gedenken, daß gleich zum Entree ein ganz kleiner Bauernjunge, der mit den zu großen Stiefeln seines ältern Bruders stecken blieb, von den in Masse nachstürzenden Knechten und Mägden ganz in den Morast niedergerannt und unter fürchterlichem Geschrei durch die herbeigekommenen Seinigen in unkenntlicher Gestalt ans Tageslicht hervorgeborgen ward.

Jetzt stand ich vor dem, der da geschnarrt hatte, und zwar in augenscheinlicher Verdutzung, denn es war weder der *Nachtwächter*, noch der *Dorfschulze*, also weder die Tages- noch die Nachtpolizei, sondern ein fabelhaft ins Kostüm gesetzter Kerl mit rotem Judenbart, kurz und gut, ein Jude, wie ich hinterdrein belehrt ward; denn im ersten Augenblick wollte ich lauter Wunder und keinen Juden sehen, da jede Woche Pindeljuden ins Dorf kamen. Dieser Abenteurer und Unbekannte in rotem Barte verkündete dem zusammengelaufenen Publiko, welches er wegen der Unmöglichkeit, in all' dem Kote einen Umgang zu halten, und weil ihm seine Trompete im letzten Nachtquartier gestohlen worden sein sollte, mit des Nacht-

wächters Schnarre und mit hoher obrigkeitlicher Bewilligung zu-
sammengerufen hatte, daß und wie er heute Abend um sieben Uhr
bei seinem Wirte im Kruge hierselbst gegen ein Entree nach Belie-
ben eine große Vorstellung mit Puppen zu geben die Ehre haben
würde. Genannt wurde das Stück: *Der verlorne Prinz*. Damit war
denn vorläufig die Scene beendet und alle liefen in dem vielen Kot
auseinander, wie sie zusammengelaufen waren; mir aber ging der
Kopf mit Grundeis und die Welt in die Runde. Es war mir nämlich
partout unerklärlich, wie in diesem Kruge, in welchem ich schon zu
verschiedenen Malen die Bauern tanzen gesehen hatte, so etwas
Wunderbares gezeigt und aufgeführt werden sollte, wie doch zu
einem verlornen Prinzen erforderlich sein mußte, er mochte nun
wiedergefunden werden oder nicht.

Diesmal aber dauerte mein Kopfzerbrechen und der Gram meiner
skrupulösen Neugier nicht allzu lange: denn es kam unterdes ein
benachbarter Pfarrer mit seinen Kindern zu unserm Pfarrer auf
Besuch, und bevor wir, durch Spiele zerstreut, uns dessen versahen,
so erinnerte uns auch schon die Hausmagd, daß es die höchste Zeit
sei, in die Komödie zu gehen, falls wir noch Platz bekommen wollten; denn es wären viele Gäste angekommen, das Spektakel zu sehen, und der Kutscher des fremden Herrn Pfarrers sei mit unsers
Herrn Pfarrers Hausknecht bereits vor einer halben Stunde an Stelle
und Ort. Es war nun zwar erst halb sieben Uhr, und folglich noch
eine halbe Stunde Zeit; aber ich war bei den geäußerten Besorgnis-
sen der Magd wie vernichtet und konnte nicht begreifen, wo ich so
lange die Gedanken gehabt. Aber Verzweiflung giebt Witz und
Kräfte, und so raffte ich mich denn im nächsten Augenblicke mit
der Art eines Menschen zusammen, für den Tod und Leben auf
einer Karte steht. Der Erlaubnis meines Pflegevaters durfte ich mich
gewiß halten; aber er war in Disputationen mit seinem Herrn Amts-
bruder, was mir jetzt erst aufs Herz fiel, da ich nicht begreifen konnte, wie man so kurz vor der verkündeten Komödie im Kruge und
ein paar Häuser von diesem entfernt, von etwas anderem verhandeln und überhaupt sonst etwas wollen könne, als eben dieses Puppenspiel vom verlornen Prinzen zu sehen. Einer Delikatesse, die ich
immer seltner bei Kindern wahrnehme, darf ich mich aus meiner
Kinderzeit rühmen: ich nahm aus tiefster Seele Anstand, einen Erwachsenen, und zumal meine Eltern und Vorgesetzten, in irgend

welchen eifrigen Worten oder Werken zu unterbrechen, und so ward mir denn das Einholen einer Erlaubnis unter den obwaltenden Umständen doppelt schwer, da mein lieber, freundlicher Pflegevater sich angelegentlich mit seinem Gaste unterhielt, und vor einem solchen, vor einem Fremden, vollends vor einem Pfarrer, hatte ich doppelten Respekt. Aber was half es, die Magd, die mich in der Finsternis zum Kruge hingeleiten und unter dem Gedränge der Zuschauer in Obhut nehmen sollte, getraute sich nicht ohne mich und ohne alle Erlaubnis von Hause hinweg, und ich wußte ihr verlangendes und bangendes Herz in der Küche. So trieb denn ein Keil den andern, bis die Sympathie für die Magd und den *verlornen Prinzen* den Respekt vor dem Gaste bezwang, und ich halb beschämt und halb erschrocken mit einem Mal zwischen den beiden geistlichen Herren stand. Meine hergestotterte Bitte ward mir um so rascher und bereitwilliger gewährt, da im selben Augenblicke der kleine Sohn des Gastes dasselbe Anliegen vorbrachte, und man höhern Ortes unsere Herzensbangigkeit menschenfreundlich und nicht ohne Lächeln erwog. Mein *Dütchen* in der Hand festgekniffen, stand ich nun auf einen Sprung vor der Thür bei der Magd, die bereits daselbst den Erfolg unserer Bittstellung mit bebender Erwartung erhorcht hatte. Die alte Köchin, welche über die junge Magd sich in Brummen erging, daß die alten Dienstboten bei aller lustigen Gelegenheit immer zu Hause bleiben und für jüngere Knochen die Arbeit mit übernehmen müßten, ward, ich weiß nicht mehr durch welche Konzession und Liebkosung, von uns beiden Ausreißern beschwichtigt und versöhnt, so daß wir mit der Ermahnung entlassen wurden, wenigstens gut zuzusehn, und alles fein wieder zu erzählen. Was diesen Punkt betraf, so war die Adresse an mich das überflüssigste Ding von der Welt, denn so viel bei irgend einer bestimmten Affaire je ein Menschenkind, mit nur zwei Augen und zwei Ohren im und am Kopfe, gesehn und gehört hat, habe ich diesmal ohne Zweifel gesehen, gehört und vernommen, habe ich in mich gesogen, penetriert, assimiliert, transsubstantiiert, überdichtet, mir zu Gemüte geführt und bis zu diesem Augenblicke memoriert.

Die Töne einer *heisern Vogelorgel* empfingen uns beim Eintritt in die chaotische Krugstube, welche mittels eines Groschenlichts der Dämmerung überlassen und zum Ersticken mit Bauersleuten und allerlei zweideutigen Ausdünstungen, wie eine Mongolfière mit dem benötigten Gas gefüllt war. Doch, wo noch ein Husarensäbel sich mit der Schneide Bahn bricht, da blieb meine Neugierde auch nicht zurück; denn sie war nicht bloß scharf, sondern brennend und reinigte vielleicht um deswillen vor mir her die Pestilenz, die jeden umfing. Meiner schrecklichen Besorgnis, vielleicht nichts zu Gesicht zu bekommen, da alles zum Vorhang hindrängte, ward ich alsbald durch die Gutmütigkeit einiger Bauernwirte, sowie durch den Krüger und resp. den Dorfschulzen enthoben; denn in herzlichem Respekte vor ihrem Herrn Pfarrer stellten die beiden mich kleines Menschenkind auf einen Tisch und ins beste *point de vue*. Alsbald kam auch mein Herzensfreund und Nachbar, der Bauer Langfeld, und nahm mich noch in seinen besondern Schutz, worauf die Magd, froh, ihrer Sorge um meine kleine Person enthoben zu sein, sich zu ihren Bekannten und Sponsaden begab.

Während, wie schon gesagt, die vorbemeldete Vogelorgel unweit meiner Ohren in stammelnder und lückenhafter Weise wie eine heisere Klarinette lamentierte und der Junge, welcher sie drehte, durch die äußerste Schnelligkeit jede Pause zu verkürzen und zu überwinden trachtete, welche nicht von Hause aus auf der armen Walze stand, hatte ich volle Zeit, mir den Vorhang zu betrachten, und mich in das zu vertiefen, was hinter demselben, wie ich aus allerlei Zeichen erriet, mit großer Geschäftigkeit vorbereitet ward.

Es war eine Ecke, die sich der Künstler und Direktor nicht ohne Umsicht zu seinem Retiré und Asyl aussersehn hatte; daselbst aber hing vor einer in beide gegenüberstehende hölzerne Eckwände eingeklemmten Holzlatte ein Papiervorhang bis dicht zum Erdboden herab. Dieser Vorhang war gräßlich schön bemalt. Die Arabesken, Grotesken und mythologischen Figuren will mein plastisches Gedächtnis nicht mehr so bestimmt reproduzieren, aber die Grundfarbe habe ich behalten, sie war braunrot, von der Tinte und Nuance, wie sie durch den sogenannten Totenkopf erzielt wird, den die Köchinnen zum Anstreichen des Ziegelherdes für einen Groschen vom Materialhändler acquirieren. Lächle oder zweifle man, wie man wolle, ich selbst möchte heute an meinem Farbensinne verzweifeln; aber seit jener Zeit hat jene Grundierung für mich eine unaussprechliche Mysteriosität. Wiefern ich Ursache dazu habe, wird man weiter ersehen.

Während ich so ganz meinen Betrachtungen, Wahrnehmungen und künstlerischen Vorgenüssen hingegeben war, und nur das eine nicht ohne Besorgnis und Verwunderung erwog, wo denn in einem so engen Raum so große Dinge vorbereitet und dann ins Werk gerichtet werden könnten, so ward auch schon hinter dem Vorhange der Anfang durch Klopfen, gleich hinterdrein durch ein zauberhaftes Klingeln angezeigt, und vom Wirte wie von den Ältesten und Angesehensten des Auditoriums, und resp. des Spektatoriums, zur Ruhe gemahnt. Der Autorität arbeitete diesmal die aufs höchste gespannte Neugierde in die Hände, und nach der ersten stillen Pause erschien von unten herauf, am obern Rande des Vorhanges eine von Gold und Silber gleißende, anderthalb Spannen hohe Figur mit Scepter, mit Ordensstern und einer Krone auf dem Haupt. Ihre ersten Worte sind für Zeit und Ewigkeit in mein Gedächtnis geprägt; denn meine Seele erschrak bis in ihren vorweltlichen Ursprung hinein, als diese Worte offenbar und ganz deutlich aus dem Munde der Puppe hervorkamen, so daß ich, wiewohl verwirrt, doch der ganz vollkommensten Illusion hingegeben war, es sei die Puppe selbst, die da durch irgendwelche, mir unbegreifliche Wunder die Redensarten aus ihrem Eingeweid' heraus verführe. Der Jude war in der That, wie ich das lange hinterdrein erklärt bekam, ein *Bauchredner*, und der Ruin meines Verstandes, die Umkehrung und Verwirrung meiner bisdasigen Begriffe solchergestalt erklärlich und *comme il faut*. Ein Unglück aber war das für mich dermalen am allerwenigsten, da bei der Gefangennahme und Beseitigung des Verstandes die *Phantasie* desto freieren Spielraum zum Dichten und Träumen bekam, welcher Freiheit sie sich denn auch dermaßen zu bedienen verstand, daß mir vom ersten bis zum letzten Worte alles Hören und Sehen verging, was nicht vom *Puppenspiel* in Anspruch genommen ward.

Die Figur, mit welcher das Stück begann, war nichts minder und mehr als der König, der sich mit den Worten in Scene setzte: »Himmel, was *seh'* ich! Stern, was *erblick'* ich!« Wie sich weiterhin ergab, *sah* und *erblickte* der König den Hofmeister seines Sohnes, *der*, als eines Tages der Prinz auf unbegreifliche Weise verschwand, ihn in aller Welt zu suchen, ausgegangen war, nämlich durch »ganz *Europiam*, *Asiam* und *Afrikam*, bis nach *die indischen Weltteile*,« und zwar mit dem Vorsatze, nicht eher zurück zu sein, bis er seine

Nachlässigkeit durch Wiederfinden seines fürstlichen Pflegebefohlenen gut gemacht hätte. Der Prinz fehlte bereits zwanzig Jahr, somit schien es denn alle Weile kein Wunder, wenn der König und Vater beim ersten Anblick des Hofmeisters, dem er den Prinzen auf dem Fuße vermuten mußte, in die Worte ausbrach, die bereits *angeführt* sind.

Nach dem Ausruf folgten dann die Verständigungen und Nachrichten so hastig und atemlos, daß fast kein Wort vor dem andern Raum hatte. Der Prinz war wirklich aufgefunden, verweilte aber dermalen noch an einem sichern und nahen Orte, um die teuern Eltern und sich selbst durch Ueberraschung nicht zu *ver*schrecken oder zu töten.

Der königliche Vater schien dies auch vollkommen einzusehn, denn er hörte die ganzen, langen Historien ebenso vernünftig und gewissenhaft an, wie alle dramatischen Väter, und wie das die auf Tod und Leben interessierten Leute im ähnlichen Falle und in gleicher Situation auf dem großen Theater thun, versteht sich im Interesse des Dialogs und allem gesunden Menschenverstande zum Trotz. Erst nachdem der Bericht ganz abgehaspelt war, stachen den König und Vater seine Elterngefühle wie eine Bremse, und mit den Worten: »O Himmel, welches Entzücken!« ging dieser durchaus bühnengerechte Souverain, sich in die unterdessen *par distance* offengehaltenen Arme des verlornen Sohnes und Prinzen zu stürzen, welcher in zweiter Scene und im Beisein des Hofes, der durch sechs Puppen auf einem Klumpen vorgestellt ward, den Bericht des Hofmeisters nicht ohne prinzliches Pathos repetierte, alles, *tout comme chez nous*, das heißt, wie auf den Brettern, welche die Welt bedeuten. Denn nachdem solchergestalt das beste vorweg gegeben worden, kam erst hinterdrein die eigentliche Handlung und Intrigue des Stücks, nämlich eine verliebte Prinzeß, die der verlorne Prinz nicht heiraten wollte, weil sein Herz bereits in der Fremde, in dem Lande *Fanagosia*, versagt war.

Aus der Mitte weiß ich nur dies, daß die verschmähte und Rache schnaubende Prinzeß gegen den ungalanten Prinzen zu Protokoll gab: »*Er hat mir die Kleider vom Leibe gerissen.*« Es handelte sich also wahrscheinlich um weibliche Ehre und Reputation. Das End' vom Liede war dieses, wie die Schlechtigkeit der Prinzeß ans Tageslicht gebracht, der bereits eingekerkerte Prinz wieder ans Vater- und Mutterherz genommen, ein *Mohr* enthauptet, die Prinzeß ins Kloster gesperrt, und mit der indes vom Hofmeister herbeigeholten fremden Prinzeß aus Fanagosia Hochzeit gemacht ward. Das waren aber nur die ideal gehaltenen Vorspiele zur eigentlichen Quintessenz und zur realen Gestalt des Puppenspiels, das nunmehr als zweite Abtheilung in drei Hauptfiguren zum besten gegeben ward, als da waren, sind und sein werden: *Tod, Teufel* und *Hanswurst*. Das Publikum hatte sich, ich muß es ihm zur Steuer der Wahrheit bekennen, im idealen Teile höchst anständig und teilnehmend benommen; jetzt aber beteiligte es sich aus *Herzensgrund*, und des Gelächters über Hanswursts Witze war kein Ende. Gleich der Anfang war Wasser auf jedermanns Mühle. Gefragt, wie er denn heiße, gab Hanswurst zur Antwort: »Wie mein Vater,« und wie heißt denn dein Vater? »So wie ich,« und wie heißt ihr denn beide? »So wie der eine,« und dieser eine? »So wie der andere,« und so in einem fort. Man sieht, Hanswurst antwortete nicht anders und nicht schlechter in die Runde, wie die Metaphysik. Der Künstler scheint mir überhaupt, so wie ich mir jetzt seine Komödie rekapituliere, kein ganz gewöhnlicher, wenigstens kein gemeiner Puppenspieler, sondern ein Mann von einigem philosophisch ästhetischem Ehr- und Zartgefühl, und nicht ohne das gewesen zu sein, was man Conduite zu nennen pflegt; ein Mann, dem eigentlich mehr im idealen Teil, als in dem realen Nachspiel seinem angebornen Kunstdrange zu Folge ein Genüge geschah. Was mich betraf, so gefiel mir eines wie das andere gleich sehr; die Geschichte von dem verlornen Prinzen doch aber besser, wie die Witze von Hanswurst, der sich wie immer auf die Letzt mit Tod und Teufel herumprügelte und Sieger blieb, wie sich von selbst versteht, da die *Narrheit* der Sieg der Welt ist von Anbeginn! Aber die Figuren und Bewegungen von Tod, Teufel und Hanswurst lösten mich durch ihr groteskes Aussehn und ihre Gelenkigkeit in Staunen auf, und so hatte ich meine volle Genugthuung im idealen wie im realen Teil.

Ich muß schließen, wenn ich nicht dem Verdacht unterliegen soll, ohne Apparat und vor einem gebildeten Publiko das wiederholen zu wollen, was in einer durchaus naiven, fast möcht' ich sagen, in einer vorweltlichen Weltstimmung vor Kindern und Bauersleuten mit Puppenspielervirtuosität und voller Sinnentäuschung nur einmal so ins Dasein gerufen und den Seelen illuminiert werden konnte, und ich bemerke nur noch dieses: mir erschienen die Physiognomien der Puppen in ihrer ganz fabelhaften Abscheulichkeit, als da ist, in ihren entsetzlichen Hakennasen, Glotzaugen und grinzenden Mäulern, so, ich weiß eben nicht *wie*, interessant, poetisch, phantastisch, unerhört – es paßt alles nicht – kurz, so *unmöglich*, und eben in diesem ihrem Exceß von Häßlichkeit so übernatürlich, übermenschlich, dämonisch, spukhaft, also so *erhaben* und *wunderschön*, daß ich vor einigen Jahren einen originellen Oberförster meiner Bekanntschaft erst vollkommen verstand, als er von einem entsetzlich losschreienden Steinesel lachend sagte: »So ein Beest ist ordentlich vor lauter Häßlichkeit schön.«

Die waldwilde Bemerkung meines nunmehr in dem Herrn entschlafenen Oberförsters ist eine so originelle, so zum Nachdenken auffordernde, wie irgend eine andere von einem Professor der Ästhetik, auf welthistorischen Anklang und auf Absatz proklamiert. Auch ich muß ausrufen: Jene Puppen waren vor entsetzlicher Häßlichkeit ordentlich schön, und es sind mir seit der Zeit andere hochgepriesene, berühmte Dinge, Figuren, Geschichten, Kunst- und Lebenswerke vorgekommen, die *ordentlich häßlich waren vor lauter Schönheit oder Schönthuerei*.

Am Morgen nach dem Puppenspiel ging es mir ganz so wie Goethes Wilhelm Meister; denn ich konnte ebenfalls nicht begreifen, wie da, wo gestern noch solche Zauberei und Herrlichkeit gewesen, heute schon alles so ordinär und alltäglich aussehn und vor sich gehn könne, als wenn nie was von Wundern und Komödien dazwischen gefahren wär'. Ein Jammer und gleichwohl eine Genugthuung war es auch, daß kein Mensch und selbst mein gelehrter Pflegevater sagen könnt', wo *Fanagosia* gelegen; denn so verblieb es in meiner Einbildungskraft bis auf den heutigen Tag.

Mein Vater.

Umrisse.

In meinem Erzeuger war Menschentum durch und durch, alles an ihm Herz, Witz und Nachdrücklichkeit, Eifer, Treue und zugfeste Kraft. Wenn's ihm die Leute zu bunt machten, so zackerierte er auch auf die ganze Menschheit, weil er wohl denken mochte, daß nicht viel davon auf den einzelnen käme; aber an seinem Nachbarn und Nebenmenschen hielt er das Heilige heilig.

Das Lieblingswort der deutschen Schulmeister, die Sittlichkeit, hat mein Vater aus Widerwillen, glaub' ich, vor den Heuchlern und Pedanten, die mit jener vertrackten Parole behaftet sind, nie im Munde geführt; aber ihn erbarmte ein Hund, und im bestimmten Falle gab er das Hemd vom Leibe. Heute ist umgekehrt die Menschheit und die Sittlichkeit, sind die Ideen, der Fortschritt, das Allgemeine, die Vernunft, die Objektivität, Licht, Freiheit und Recht, und wie die Tugendwohlfeilheiten weiter heißen, in alle Redensarten gefahren; in konkreten Lebensarten aber und auf dem Punkte ist überall Unmacht, Unvernunft und kalte Egoisterei.

Aus einem halbleeren Faß stürzt die Flüssigkeit mit mehr Spektakel als aus dem vollen, und wer sich auf Symbolik versteht, wird wissen, wie eben die spektakulöse *Vereinshumanität* durchaus naturgemäß der werktäglichen Herzlosigkeit, Perfidität, Knauserei und Selbstsucht entspricht.

Mein alter Papa verhandelte wenig von Politik und Perfektibilität, von Menschenrechten, von Liberalismus, Kirche und Staat; aber er liebte seinen König und den gemeinen Mann. Dazu war er leutselig und liberal gegen seine Untergebenen und Pflegebefohlenen, den Stiefelputzer und Barbierjungen mit eingeschlossen, deren Fortkommen und Lebensgeschick er gern im Auge behielt und denen er seine herzliche Teilnahme in Späßen und kleinen Geschenken bethätigte, ohne deshalb bei solcher Gelegenheit, oder bei einer andern natürlich menschlichen Art und Weise, irgend etwas von der Haltung zu verlieren, die seine Stellung und sein Alter erforderten, und doch war er weit mehr aufgelegt, sich etwas von seinen Untergebenen, als von seinen Vorgesetzten bedeuten und gefallen zu lassen, wo ihn mal eine Wunderlichkeit und Menschenschwäche gegen die vorgeschriebene Form verstoßen ließ.

Nie war ein Mensch bedürftiger und bereitwilliger, etwas wieder gut zu machen, wo er es bei Menschen und Dingen versehen hatte. Und ich habe ihn viel jüngere und ihm untergeordnete Leute wegen seiner Heftigkeit um Verzeihung bitten sehen, indem er sie so herzinnig umarmte, daß die ihm übel Gesinnten sich sehr oft in seine eifrigsten Freunde umwandelten.

Der in seinen Gedankenoperationen wie in all' seinem Thun und Lassen einfache, mehr auf Werktüchtigkeit und, schon vermöge seines Berufs, auf Wirklichkeit hingedrängte Mann war wohl nicht mit dem modernen Begriff des Absoluten in der Metaphysik, und ebensowenig mit vielen andern Begriffen der *immanent-dialektischen, sich begrifflich selbst überkletternden Neuzeit* vertraut; aber in ihm lebte und aus ihm handelte ein Absolutes, eine ungeteilte und unentzweite Kraft, denn er war friedfertig und zorneseifrig, langmütig und kurz angebunden, flüssig und fest, zart und derb zugleich, voll Liebe und Charakterenergie, voll Saft und Kraft, naturwüchsig und gleichwohl bis zur Pedanterie präcise in allen Formen und Begriffen, die zum Raison des Geschäfts gehörten, und zum Verkehr mit der Welt. Er war billig und strenge, vernünftig und mutterwitzig in einem, über den Widerspruch der Einzelerscheinungen und Partikularitäten hinweggetragen durch die *Tiefe seines Gemüts*, durch einen herzlichen Glauben an eine ideale Weltordnung. Er war über die Scholle und jede spießbürgerliche Trivialität hinweg, nicht durch eine moderne Weltbürgerlichkeit, wohl aber durch eine religiöse Weltanschauung, die ihn jeden Augenblick auf die Ewigkeit beziehen und alles Irdische im Himmlischen bewegen ließ, und dabei wußte der Mann doch mit praktischem Sinn und Verstand alles aus dem Leben und aus der Mitte zu greifen; war er doch ebenso rasch von der Wirklichkeit zu dem Prinzip seines Glaubens und Wissens orientiert, wie von seiner idealen Lebensfühlung und hehren Grundstimmung zu dem jedesmaligen gegebenen Punkt der Wirklichkeit, mochte es im Geschäfts- oder sonst einem andern Lebensverkehr sein.

Aus solcher *absoluten* Lebens- und Charakterkraft, aus solcher Unverletztheit, Unmittelbarkeit und Totalität eines Daseins, das alle wesenhaften Gegensätze und Lebensfaktoren in sich begriff und nicht minder polarisierte, als zu höherer Einheit zusammenfaßte, entsprang *meines Vaters erbaulicher Humor*, als ein Produkt der persönlichen Freiheit und einer natürlichen Notwendigkeit zugleich.

Der Humor dieses originellen Mannes war ebensowenig eine triviale Jovialität oder ordinäre Ressourcengemütlichkeit, mit der obligaten Portion von Grobheit angemengt, als etwa umgekehrterweise ein gewisser ins X sublimierter Litteratur- und Novellenhumor, der sich so lange die Sporen giebt, bis ihm der Witz zum Aberwitz, und das Göttliche zur Fratze wird, sondern ein von der unzweideutigsten Sentimentalität getragener, in einem natürlichen Wechselprozeß von *Verstand* und *Seele*, von Ironie und Liebe, von Idealismus und Realismus gezeugter *Gemütswitz*, den jedermann sofort als Macht empfand und freiwillig honorierte, da er aus dem Leben hervorgegangen, überall auf das Leben zurückwirkte und mit der Vernunftbewegung um den Himmel auch die Arrotation des Herzens hatte.

Mein Vater war kein Pedant, und doch überall ein Mann auf dem Fleck, absolut und liberal zugleich, präcise mit sich und nachsichtig gegen andere, falls sie ihre Unmacht nicht für Witz ausgeben wollten. Ein ängstlich prompter Zahler war er und ein vergeßlicher Gläubiger, der niemand mahnen und keinem Menschen etwas abdingen oder in den eignen Profit abtaxieren konnte; ein Mensch, der seine Sachen und Verdienste so gering, und andrer Leute Ehr' und Eigentum so hoch wie möglich veranschlagte und in Ehren hielt. Einem armen Handwerker oder Taglöhner was abzuhandeln und abzuzwacken, hielt er für eine Todsünde. Vor Witwen und Waisen brach ihm der Angstschweiß aus, wenn er ihnen nicht zu helfen und bevor er ihnen das Verlangte abzuschlagen vermochte. Mit Gesindelöhnungen und Trinkgeldern knauserte er keinen Augenblick; denn es war seinem Herzen alle Arbeit und Dienstleistung zu wohlfeil. Jedem Bettler, auch dem zweideutigsten und schlimmsten, gab er mit gutem Willen und mit verschämter Art, mit einem hastigen Griff in die Tasche, ohne viel nachzusehn, ohne Redensarten und ohne Kummer um kleines Geld. Heruntergekommene, zerlumpte und hungernde Leute irgendwie zu ermahnen, zu bevormunden und zu bemakeln, hatte er nie ein Herz; denn er war seiner Natur nach so demütig und wahrhaft bescheiden, wie ich in solcher

Stellung und bei solchem Verdienst in meinem Leben kein Menschenkind gesehn habe. Darum hatte er denn auch kein sonderliches Geschick und Gelüst zum Befehlen, und es fiel ihm so sauer wie das Gehorsamen. Er legte durch nichts an den Tag, daß er sich für was Rechts oder für besser und bevorrechteter halte, als seine Mitmenschen; in ihm war der biblische Ausspruch lebendig: »Wir sind allzumal arge Sünder, und entbehren des Ruhms, den wir vor Gott haben sollen.« Er übte nur die Autorität und Überlegenheit, die ganz notwendig und natürlich in seiner amtlichen und hausväterlichen Stellung und Berufspflicht, die unabsichtlich in seiner angebornen Würde lag. Mein Vater citierte und liebte die Bibel wie ein altgläubiger Theolog; aber er war kein Frömmler in gottseliger Zerknirschung und Schwächlichkeit. Ein Lieblingsspruch von ihm waren Hiobs Worte: »*Mein Gewissen beißt mich nicht meines ganzen Lebens halber,*« und er durfte das sagen, er hatte recht. Der Mann war uneigennützig und gleichgültig gegen Geld und Gut bis zur Naivetät. Er forderte für seine Arbeit immer nur die Notdurft, und selbst diese mit geniertem Gefühl. Er nahm nur richtige und rechtliche Sachen zum Prozeß und ließ sich nur ungern ein bloß freundschaftliches Geschenk aufdringen, das weder durch seinen Belang, noch durch die Art, mit der es verehrt ward, den Anschein einer Bestechung und Abfindung haben konnte. Er hatte überhaupt eine förmliche Antipathie gegen Geldgeschäfte und gegen Geld. Er mochte es niemand aus den Händen nehmen, nicht bei sich tragen, nicht abzählen, nicht zuzählen, nicht nachzählen, nicht einstreichen und verwahren, nicht Buch oder Rechnung darüber führen, sich nicht berechnen, nicht nachfragen, nicht nachrechnen, nicht den Kostenpreis erörtern, nichts in der Welt von all dem; es genierte, es ängstigte, widerte und peinigte ihn, es war ihm in der Seele zuwider. Dies ist so wahr, daß die Mutter mit dem Gelde schalten und walten durfte, wie sie es immer für gut und angemessen fand, und daß sie meinen Vater keinen Augenblick gestimmt fand, ihm das Nähere und Bestimmtere über eine bedeutende Erbschaft auseinander zu setzen, die ihr von einer Großtante zugefallen war. Alles was er sich bei dieser Gelegenheit als Vorteil dringend auserbat, war dieses, daß die Mutter sich einen andern Sachwalter zur Regulierung dieser Erbschaft für ihr Geld annahm; denn er wollte keinen Groschen davon sehen, und dabei blieb es bis an sein Ende. O du güldner Mensch, du! wie rein, wie heilig stehst du vor meinem

Sinn, wenn dieses dein Thun und Lassen mich gemahnt! Das Geld hat mir's auch nicht angethan; aber lieb hab' ich es doch wie du, und ich darf mich nur einen Nachgebornen, einen Lump fühlen im Vergleich mit dir. Verzeih' mir's Gott, verzeih' es mir dein gewaltiger Schatten, und Gott sei Dank, daß ich mir's selbst nicht vergeben kann!

Auch darin hatte mein seliger Vater einen heiligen Takt, daß er von sich und seinen Feinden nicht ein Wort sagte, und daß er seinen Schmerz tief in die Brust verbarg, wenn er zunächst seine Person anging. Aber als einer seiner Klienten, ein ihm durch vieljährigen Verkehr befreundeter Güterbesitzer, dessen Rechtsangelegenheiten er leitete, dem Bankerott entgegenging, da vergaß er die Sorge um das Geld, das er ihm selbst dargeliehen hatte, und ging Nächte lang in seinem Zimmer auf und nieder, weil ihn der Kummer um seinen *Tobias*, so nannte er seinen Freund, nicht schlafen ließ, und gleichwohl hatte er demselben Manne einmal im Zorn und Eifer zugerufen, als dieser ihm ein neues Projekt zu einem Gutskauf plausibel machen wollte: »Mache Er, daß Er fortkommt; möchte Er nicht noch im Monde Güter an sich bringen, denn auf Erden hat Er doch schon nicht genug!«

Jeder Zug, auch die unscheinbarste, unwillkürlichste Äußerung in Worten, wie in Werken, war natürlich, herzlich und wahrhaftig an dem durchaus unverstellten, unverhaltenen Manne; er selbst aber kannte die sittliche Macht nicht, die aus seiner ganzen Erscheinung jedermann unwillkürlich entgegentrat und zur Rede stellte, der nur irgendwie mit ihm zusammenkam. Er selbst war zu geistig verschämt, seine Tugenden und Verdienste irgendwie zu reflektieren, oder das Heiligtum seines innern Menschen zu analysieren, und welch einen natürlich schönen Takt hatte der Mann, mit jungen Leuten, mit Vorgesetzten und Untergebenen umzugehn, und wie herzlich gescheit waren hinwiederum die jungen Leute, die Auskultatoren, die Referendare und jüngeren Assessoren, daß sie die absonderliche, ungenierte und mitunter derbe, wenn auch immer herzliche und mutterwitzige Art des alten Herren so aufnahmen und erwiderten, wie es wirklich geschah.

Mein Vater redete die jüngeren Leute seiner Bekanntschaft fast ohne Ausnahme mit »du« und »mein Jungchen« an, aber in so herzlich spaßiger, vorsorglich väterlicher, so schön menschlicher Art und Weise, daß diese nie als ein ungewöhnliches *sans façon*, sondern wie die allernatürlichste und ansprechendste Lebensart, ja als eine herzehrende Umgangsweise empfunden und nie ohne die schuldige Rücksicht und Pietät zurückgegeben ward. Man konnte dem Manne nicht böse sein, selbst wenn man sich mitunter von seiner unwillkürlichen Sicherheit und von seiner Originalität pikiert fühlen mußte. Und wo der gutmütige Alte dergleichen augenblickliche Mißstimmung bemerkte, da klopfte er seinem Manne so väterlich auf die Wange, und sein: »Jungchen, das hab' ich nicht so gemeint,« gab sich als eine so ehrliche und ehrenfeste Abbitte, daß man ihn noch lieber gewann als zuvor. Gewiß, des Mannes Gebrechen entsprangen aus ebensoviel Tugenden, und darum löseten sich die Dissonanzen seiner Art und Weise zuletzt immer in der absoluten Harmonie und Schönheit seines Charakters. So herzlich und natürlich war die alte Welt, selbst im Geschäft mit Vorgesetzten und Untergebenen. Wie ist das heute geworden? Wie hat die leidige Form und der Hochmut so alle Gemütlichkeit über Seit' gebracht! Ein Herr Rat und Präsident ist gegenüber seinen Unterbeamten und im Geschäfte selbst mit seinesgleichen eben nichts, als was seine Charge und das Geschäft mit sich bringt. Ob dabei auch nur die Sachen sonderlich besser fortkommen, das werden diejenigen am besten wissen, die ihre Angelegenheiten in solcher kühler und kahler Geschäftspedanterie verhandeln gesehn.

Ich muß zuweilen lächeln, wenn ich moderne Größen so selbstgefällig und so weise seh', versteht sich weise in tugendwohlfeilen Manieren und immanent-dialektischen Argumentationen, die *airs* und das *à plomb* nicht zu vergessen, falls die Leute Personen von Extraktion sind.

Hier laufen ihre Manöver, ihre Männchen und ihre abstrakten *Redensarten*, dort sacken sich ihre malproperkompakten *Lebensarten*, und noch ein anderes und Apartes ist es wiederum mit ihrer unsterblichen Seele und mit ihrem eigentlichen Ich.

Wenn's nun harmonisch zugeht, so laufen die Redensarten den exekutiven Lebensarten parallel; denn andernfalls durchkreuzen sie sich auch beide, und die liebe Seele folgt dann ihrem Manne wie ein Schatten hintennach, bald größer und bald kleiner, wie es eben am

Tag oder am Mondschein ist; und wenn gar kein Licht scheint, so ist auch nicht einmal ein Schattenspiel von einer Seele und Herzlichkeit, und je weniger man's in solcher dunkeln Periode inwendig hat, desto besser weiß man es auswendig, und wenn die Leute selbst ihres Schattens überdrüssig, ihn in den Hades verkauft haben, in den sie ja doch zuletzt mit Leib und Seele hinabfahren, so merkt das niemand.

Mein Erzeuger war nicht dies und nicht das, und er wußte eben nur, was er zum Leben und Sterben gebrauchte. Er studierte kein philosophisches, kein Staats-, kein Weltverbesserungs- und kein Kindererziehungssystem. Er erräsonnierte, erhärtete, hantierte und ventilierte kein Prinzip und keine Parole, kein Vorwärts oder Rückwärts, kein Oben oder Unten, keinen Rationalismus oder Supernaturalismus *par préférence*, weder für den allgemeinen noch zu seinem eignen Staate; aber ihm war in jeglichem Augenblick Zeit und Ewigkeit, Sein und Nichtsein, Gott und sein Herz zugleich gegenwärtig; sein Gewissen und sein Wissen, sein Können und Erkennen, Seele und Vernunft, Seele und Leib bei ihm aus einem Wuchs und Schoß; alles an ihm aus einem Guß und Stück, die Redensart und die That.

Am Vollständigsten aber und am Nachdrücklichsten konnte man den Mann in seiner immanenten *Rechtlichkeit* begreifen. Sie war zugleich der Gipfel und die Wurzel, die Blüte und die Frucht seines Wesens, der Herzpunkt und die Peripherie seines Lebens, seiner ganzen Erscheinung; sie war eine Kardinaltugend und Poesie, seine Religion, sein Witz und sein Gewissen. In ihr erweiterte und konzentrierte sich, in ihr kulminierte seine Persönlichkeit; sie war sein absoluter Punkt. In demselben erschloß und beschloß sich sein natürlicher und sein übernatürlicher Mensch für sich selbst gleichwie für andere, mit ihr orientierte er sich zu jeder Erscheinung, in jeder Lage und in allem Lassen und Thun; sie war ihm Steuerruder und Magnetnadel und der absolute Begriff. In der Rechtlichkeit ging sein ganzes Wesen auf.

Dies alles ist wahr und wahrhaftig in all' der Nachdrücklichkeit, in jedem Accente, mit dem es in kindlichem Stolze meine Worte gesagt haben; und so mißdeute und mißgönne man mir diesen meinen Stolz nicht; ich habe überdies nicht viel, das ich mein nennen könnte. Ich bin ein vereinsamter, auf mein bißchen natürlichen Witz gestellter Mann, und so bemakle man mir nicht meine Pietät und den öffentlichen Ausdruck, den ich ihr gegeben habe; denn das Recht dazu liegt, meine ich, allein in der sich selbst beglaubigenden Wahrhaftigkeit und Originalität der Darstellung, nicht aber in der vorzugsweise distinguierten bürgerlichen Stellung des Menschen, dessen Verdienst man zur Sprache gebracht hat, oder in seiner zeitgemäßen Berühmtheit und in einer welthistorischen Bedeutung allein, die nur zu oft eine sehr geringe und verlorne, vor Gott und vor dem Genius der Menschheit sein kann. Ruhmredig darf auch ein Kind nicht von seinem Erzeuger sprechen; aber die Wahrheit darf es verkünden; und wenn es sich zum Litteraten gebildet, mit seines Vaters Konterfei und Grabrede seine schriftstellerische Laufbahn eröffnen, nach einer direkten und ausschließlichen Vorbereitung von einem Vierteljahrhundert.

Das ist's nun, was ich gethan habe, und die rechten Väter, die guten Söhne werden das nicht für unberechtigt und tadelnswert halten, auch wenn sie Kritiker von Profession sind.

Bei seinem Leben faßte ich den Mann nicht nach seinem ganzen Werte, nach seiner sittlichen Bedeutung, in der Kolossalität seiner Rechtlichkeit; aber die Welt, die seine Wunderlichkeiten kannte, hatte auch das Wunder dieser seiner *Rechtschaffenheit* erkannt, in der eine Welt von Wahrhaftigkeit und Güte, in der der allerbeste Menschenwitz, eine unvergleichliche Charakterschönheit, eine Poesie und Religion abgefangen war, und diesem Anerkenntnis der Welt kam unser kindlicher Sinn und Instinkt so weit zu Hilfe, daß sich in meiner und der Geschwister Seele eine Vorstellung, ein Glaube und ein Gewissen von dem Wert und der Würde unseres Erzeugers bildete und befestigte, wodurch sich mehr Pietät und mittels derselben mehr Erziehung, d.h. mehr herzgeborene, anschauende und gläubige Erkenntnis von einer sittlichen Welt- und Lebensordnung, dazu von der Art und Weise, wie diese Welt in einem Menschencharakter Leib und Seele gewinnt, entwickelte und verwirklichte, als je durch tausend kluge Redensarten und zärtliche Ermahnungen, oder mit zehntausend herausgeklügelten und sublim komponierten Proceduren einer vergleichenden Experimentalpädagogik und weltbürgerlichen Erziehungspolitik zum Vorschein gekommen wär'.

Wie wir alltäglich und stündlich gewahrten, welcher Art und Weise unser Vater von den Leuten geehrt und geliebt ward, so blieben wir hierin als sein Fleisch und Blut nicht zurück; und wie wir heranwuchsen, fühlten wir uns in solcher Geltung unsers Erzeugers selbander, und unsere Pietät gegen beide Eltern trug uns über das Gemeine und Profane und über so manchen Stein des Anstoßes auf dem Lebenswege hinweg. Das war unsre Erziehung. Solche Erinnerung und Anmahnung ist heute noch unser guter Stern. Das ist der Segen und die Nachwirkung eines Lebens, das werktüchtig und gewissenhaft von Anfang bis zu Ende, das unverletzt und heilig, das jeden Augenblick und überall in Worten wie in Werken, in Thun und Lassen wahrhaftig war!

Charakterzüge und Anekdoten.

Es ist eine falsche, wenigstens eine einseitige Theorie, welche überall nur Harmonie, Versöhnung und Weltklugheit als ein Letztes hinstellen will. Für ein Erstes und Letztes hielt mein Vater dagegen die *Wahrhaftigkeit*, nämlich die *Wahrheit der Person*, des Charakters. Er konnte darum nichts Falsches und Halbes, nichts Überkleibtes und Gemachtes ertragen, und forderte vor allen Dingen von jedem Ding und Verhältnis nur dasjenige zu *scheinen*, was es in Wirklichkeit und mit Naturnotwendigkeit sei.

Alles Vertuschte und Maskierte, aller übermalte Quark, alle prätentiöse Impotenz war ihm so sehr ein Greuel, daß er nichts leiden konnte, was auch nur entfernt ein solches Schein- und Lügenleben vorbildete oder daran erinnerte.

So riß er ein kleines Loch in einer dünn gewordenen Stelle seines Kleidungsstücks auf eine maliziöse Weise recht weit auseinander, um keinen Zweifel darüber zu lassen, daß rund herum alles mürbe und Lumpenzeug sei, und so brach er auch ein eingeplatztes Geschirr bei nächster Gelegenheit vollends entzwei, wie wenn es ihn verschnupfte, daß eine *Scherbe* als *Topf* renommieren solle.

Eine untereiterte Wunde in jeglichem Verhältnis operierte mein Erzeuger unbarmherzig mit dem Kreuzschnitt, und jedes Halbwesen machte er, so weit sein Witz und seine Machtvollkommenheit reichte, mit der innersten Genugtuung zu Schanden. Das Ärgernis vor Gott und vor der Wahrheit bestimmte ihn dabei unendlich mehr, als das vor der Welt, der er nur so viel Raum gab, als sie Fug und Recht hatte; aber diese neunundneunzig kluge, feine und galante Welt konnte ihn empören, in Ingrimm verzehren und rasend machen, wenn er machtlos zusehen, wenn er selbst sich's gefallen lassen mußte, wie das Wesen durch den Schein übertragen, das Zeichen für die Sache verausgabt und honoriert, wie nur die Façon und die Balance konserviert, wie von der Null geborgt, der Quark parfümiert, oder dem Stank aus dem Wege gelaufen ward, nachdem man ihn selbst zum besten gegeben hatte. Seine für Wahrheit glühende Seele ließ ihn darum alle Konvenienzrücksichten mit Füßen treten, wo man seiner Geradheit und Wahrhaftigkeit zumutete, einen Ekel da mit *Worten* zu affektieren, wo man ihn nimmer in

Werken offenbarte, da eine Säuberlichkeit mit Formen zu verführen, wo die Sache selbst zum Himmel aufstank. Und es war seine stehende Indignation, daß und wie *dieselben Leute,* deren Gewissen einem Straußenmagen ähnlich alle Steine des sittlichen Anstoßes verdaut, so spröd und geschmackseitel mit den nichts bedeutendsten Verstößen gegen die leidige Tageskonvenienz und mit ein paar Sandkörnchen so giftig thun, die ihnen der keckliche Mutterwitz eines guten Gewissens in das falsche Gebiß wirft, mit dem sie ihrer Mitmenschen unbequeme Ehrlichkeit durch die Zähne ziehen.

Bei all solcher geschmacksekeln Affektation und Lügenunmacht mit Worten wie mit Werken sagte mein alter Vater: »Quark soll stinken, man soll ihn nicht schminken.« Gewiß, wer die schlimme Sache nicht scheut, der hat nimmer das heilige und jungfräuliche Recht, vor ihrer natürlichen Benennung zu erröten. Es ist was Köstliches um die Verschämtheit, um eine Delikatesse in Formen und Worten, die der Seele entstammt; aber sie ist eine Grimasse, eine Lüge und Prätension von solchen Leuten, die nimmer in Werken und zur Sache zart und gewissenhaft sind.

Wer mag wohl die wahrhaftige Unschuld und Verschämtheit mit einem unheiligen, unzüchtigen, oder nur mit einem zu derben und natürlichen Ausdruck verletzen und schamrot machen wollen? Eine Ewigkeit fern lag das dem heiligen und verschämten Sinn, dem jungfräulichen Geiste meines ehrenfesten Vaters; aber den geschmacksverbuhlten Ästhetikern, den gestanksparfümierten, distinguierte Schreib- und Lebensarten prätendierenden Leuten mit und ohne Extraktion fuhr der derbe Alte mit den allernatürlichsten Redensarten durch den Sinn und mit dem pikantesten Extrakt unter die Nase, der ihm eben in den Griff kam.

So war mein Vater. Er brach lieber entzwei, als daß er sich durch eine *Verbeugung* gerettet hätte, die wider sein Gewissen verstieß, und ich möchte wohl wieder eine Probe von so einem Manne antreffen, die keine Karikatur und kein wohlfeiler Nachdruck ist; denn der Klugheit und affektierten Säuberlichkeit, die alles mit Handschuhen anfaßt, ist bald zu viel in der Welt. Aber mein Vater pflegte auch zu sagen: »die *Grobheit* muß sich auf ein gutes Recht *gründen,* und nur ein *ordinärer Grobian* bricht sie vom Zaun.« Mein Vater war aber kein ordinärer, sondern ein extraordinärer, ein herzlicher, liebenswürdiger Grobian im schönsten Sinne des Worts; denn er war zu den Leuten nur grob in ihrem eigenen Interesse und er konnte selbst Anstandsdamen hart anfahren, wenn sie seinen Rechtsbeistand haben und gleichwohl weder Raison annehmen noch Order parieren wollten, bloß weil diese Order gegen ihren distinguierten Geschmack, gegen ihre Dameneitelkeit, Damencaprice und Frauenzimmervernunft verstieß, von welcher letztern ihnen der alte Rechtsmann sagte, daß sie das unvernünftigste und inkonsequenteste Unding unter der Sonne sei. Dafür war der alte Mann aber auch wieder um den Finger zu wickeln, wo er wahrnahm, daß mit seinem allgemeinen Vorurteil gegen Frauenzimmervernunft einer bestimmten Dame in *casu concreto* Unrecht geschehen sei. So hatte mal eine Offizierswitwe, die den vielbeschäftigten Mann zur ungelegensten Zeit mit ihren Angelegenheiten überlief, und die er darüber sehr unwirsch anließ, den Mut, ihm zu sagen, daß sie seiner berühmten Grobheit mehr herzlichen Takt zugetraut habe, als der sei, mit dem er einer verlassenen Witwe undelikat begegne, bloß weil sie weniger Geschäftsverstand beweise, als bei einem Advokaten verfluchte Schuldigkeit sei. Da diese Worte von Thränen der Verzweiflung bewahrheitet wurden, so widerstand ihrem Rechtsgrunde der sonst so heftige Mann keinen Augenblick, küßte der Dame vielmehr für ihre Strafpredigt zur Abbitte die Hand, bat sie höflichst und herzlich, einen Augenblick in meiner Mutter Zimmer zu verweilen, machte, was er außer der festgesetzten Stunde nie that, Hals über Kopf Toilette, lief mit seiner Schutzbefohlenen so aufmerksam und diensteifrig wie ein junger heiratslustiger Vormund mit seiner schönen Mündel überall umher, wo es Not that, und wußte sich so sanft und liebenswürdig zu gebärden, daß die von seiner Art und Weise und von dem so schnellen wie erwünschten Erfolg der Operation entzückte Dame beim Abschiede feierlichst erklärte, meines Vaters gefürchtete Unart habe sie tausendmal förderlicher und artiger gefunden, als die liebenswürdigste Feinheit und Artigkeit, die ihr bis jetzt vorgekommen sei, und sie gedenke von nun an, in allen Verlegenheiten zu den gröbsten Leuten zu gehn.

Von meines Vaters wahrhaft liebenswürdiger Art, einer irgend berechtigten oder auch nur zu entschuldigenden Unart zu begegnen, selbst wenn sie gegen seine eigne Person und die Achtung verstieß, die man seinem Charakter und seiner Stellung, gleichwie seinem Alter, schuldig war, will ich noch eine erbauliche Kleinigkeit erzählen, weil ich zufällig ihr Zeuge war.

Ich mußte als junger Mensch eine Zeitlang meines Vaters Schreiber abgeben, weil dieser zu seinen Eltern auf Besuch gereist war, was der herzensgute Mann seinen Untergebenen von selbst antrug, im Fall er sie zu einem Urlaubsgesuch zu blöde und bescheiden fand.

Während wir nun eines Morgens beide mit Eifer unsern Skripturen obliegen, wird mit Hast die Thür aufgethan, und ins Zimmer tritt mit unternehmendem Schritt und zornfunkelnder Gebärde ein *Schneider*, und gleichwohl hieß eben dieser sonst sehr gelassene und gutherzige Mann *Leisegang*. Mein alter Vater, der ihn schon kannte und das Recht erworben hatte, alle guten Bekannten und Pflegebefohlenen mit einem herzlich spaßigen »Er« zu titulieren, sagte in bester Laune und indem er sich einen Augenblick auf seinem Schreibsessel herumwendete: »Für einen *Leisegang* tritt Er ja viel zu hastig auf, was ist Ihm denn so früh über den Weg gelaufen?« Der Schneider schien aber viel zu aufgebracht, um sich diesmal auf Scherzreden einzulassen, und haranguierte den Alten, der seinerseits wieder ruhig weiterschrieb, nach Art geschäftsunkundiger Leute, gleich aus der Mitte heraus mit dem Lieblingsanfang » *Und*« ungefähr folgender Gestalt: »Ja *und* das sag' ich Ihnen, Herr Justizdirektor, die Vormundschaft übernehme ich nicht! Nein, das thu' ich nicht! I, da müßt' mich ja der Teufel holen, wie soll dabei meine Profession bestehn, und das sag' ich Ihnen auch, Herr Direktor, wenn das einmal sein soll, so jag' ich mir die Kugel durch den Kopf, ja, das sag' ich Ihnen bloß, thun Sie jetzt, was Sie wollen; denn mir ist mein Leben nicht mehr lieb, wenn ich's mit der Vormundschaft haben soll.«

Bei dem angemeldeten Schuß war mein Vater ganz ruhig aufgestanden, jetzt maß er sich den Sprechenden ganz gemächlich vom Kopf bis zu Fuß, wie wenn man sich eine kuriose Erscheinung so recht mit Zeit und Weile zu Gemüte führt, und als der erbitterte Mann noch mit stummen und zugleich sprechenden Gebärden seinen eben geäußerten Worten das letzte Geleite gab, da klopfte ihm der Papa so unerwartet derb auf die Achsel, daß der Selbstmörder *in perspective* zusammenfuhr, wie wenn's losgegangen wär', indem er treuherzig lachend zu ihm sagte: »*Na Leisegang, ich hätt' doch nimmermehr geglaubt, daß ein Schneider so viel Courage hat.*«

Die Wirkung war der herzlichen Ursache entsprechend. Der ehrliche Humor und die gute Art meines Vaters hatten die Unart und die Ungebärdigkeit des verzweifelten Schneidermeisters rasch umgestimmt, durch das Austoben war sein Trotz und seine Lebensverachtung so wie so gebrochen. Mit den Worten: »Das weiß der liebe Gott, Herr Direktor, Ihnen kann man schon nichts abschlagen, Sie machen mit 'nem Menschen schon immer, was Sie wollen,« nahm der Mann die verschworene Vormundschaft meinem Vater zuliebe ohne Weitläufigkeit und ohne Widerwillen an, und wurde hinterdrein ein sehr dienstеifriger und mit seiner erlangten Wichtigkeit vollkommen zufriedner Vormund, statt dessen alles verkehrt, verdrießlich und weitläufig gegangen sein würde, wenn mein Vater der zu entschuldigenden Ungebärdigkeit des Mannes nur eben den in seinem Hausrecht und in seiner Amtsgravität touchierten Herrn Justizdirektor und nicht den spaßig-treuherzigen Nächsten zu kosten gegeben hätte. So war mein herrlicher Alter überall und immer, im kleinen wie im großen, nicht bloß ein Justizbeamter, sondern zugleich ein natürlicher *Mensch*, so schlecht und recht, wie er die Herzen anzieht, wie er dem *Geschäfts-Pedantismus* und dem *Hochmutsteufel* den Hals bricht, der sich heute überall in der Welt, besonders aber im Geschäfts- und Offiziantenleben, so patent und unausstehlich machen darf.

Infolge seiner herzlichen Lebensart und seines natürlichen *Menschentums* haßte mein Vater, ein so pünktlicher, rigoroser und gewissenhafter Geschäftsmann er auch im großen und kleinen war, gleichwohl alle überflüssige Förmlichkeit und wichtigtuerische Pedanterie so sehr, daß die Anekdoten von seiner kurzangebundenen, den Nagel auf den Kopf treffenden, überall im kürzesten Prozeß verfahrenden Geschäftsmanier und prägnanten Lebensart nie ausgingen, und daß heute noch des Mannes Arbeiten und Randglossen in Aktenstücken jedem gesunden und guten Menschensinn eine erbauliche Lektüre sind.

*

Jede Zuthätigkeit von Menschen oder von Dingen, daher selbst ein unerwartetes *Glück*, konnte den selbständigen Mann verstimmen, war ihm unleidlich, erschien ihm aufdringlich, naseweis und unbequem, weil seine Freiheit beeinträchtigend.

Seine unverkümmert ausgebildete Persönlichkeit und sein entschieden ausgesprochener Charakter litten kein anderes Leben und Geschick, keine andere Objektenwelt und Umgebung, als die von seinem Witz und seiner Kraft ins Dasein gerufen und beherrscht ward.

Kleines Unglück machte ihn verdutzt und so betroffen, daß der alte Mann mitunter wie ein Kind dastand; ein großes Unheil und Mißgeschick fand ihn aber gefaßt und hartnäckiger auf seinem Sinn und Willen bestehend, als je.

Kleine Gunst des Zufalls wies er barsch zurück, wie ein alter brummender Eheherr die kleinen zärtlichen Liebkosungen der Eheliebsten, oder er nahm sie halbverschämt, schmälend, blöde und verlegen an, wie etwa die Zärtlichkeit eines jungen, hübschen Weibes. Sentimental von Natur, zerstörte er eben drum jede Rührung, die ihn selbst und die Seinigen überraschen wollte, oder vollends seine Umgebung in aller Unschuld mit ihm förmlich beabsichtigte.

Menschen, Dinge, Verhältnisse und das Geschick selbst mußten sich durchaus passiv gegen ihn verhalten, wollten sie wohlgelitten sein und ein Geschäft mit ihm machen. Die Charakteristik *Hermanns*, des Freundes J. Pauls, paßt durchaus auf meinen Papa. So widerhaarig, so spröde und ungalant, so halsstarrig und barsch gegen die größern und kleinern Liebkosungen des *Glückes* hab' ich nie einen Menschen gesehn. Kaum zeigte sich eine günstige und leichte Gelegenheit, eben das zu erlangen und zu verwirklichen, um dessentwillen der unausgesetzt thätige Mann eigentlich arbeitete, seufzte und alles um sich her ins Zeug setzte, so trat auch schon der entschiedenste Widerwille gegen die sichtbare Gunst des Zufalls ein, und er erwehrte sich ihrer mit beiden Händen, wie einer Hure und Kupplerin, womöglich schreiend, fluchend, tobend und erbost. Das zeigte sich bei den geringsten Dingen auf eine tragikomische Art. Kaum stand ein Lieblingsessen auf dem Tisch, oder es hatte ein Freund vom Lande bei dem schönsten Wetter einen Wagen für ihn zur Stadt geschickt, so daß eben nur losgegessen und resp. losgefahren werden durfte, so sah man dem wunderlichen Manne die Seelenangst an, daß alles so ohne Anstoß und wie von selbst vor sich gehn solle. In solcher Verlegenheit um einen ordentlichen Anlaß zu Spektakel und Fatalität war's denn kein Wunder, daß sich der gesuchte Artikel alsbald vorfinden oder vom Zaune brechen ließ; und wenn nun solchergestalt erst ein kleines Elend und Donnerwetter voraufgegangen war, dann ward auch der Sonnenschein gut gethan, früher aber nicht. Hatte dem schroffen Manne aber das Glück wiederum den Rücken zugekehrt, so schien er ganz verdutzt und beklagte sich sehr leidend und naiv, fast mit der Art und Weise eines Kindes, das bedauert sein will, aber doch nicht recht sicher vor Schelten ist über sein Malheur oder auch über seine Ungebärdigkeit, und dann war auch der Zeitpunkt gekommen, wo man ihm unverblümt die Wahrheit sagen konnte. Genug, der Mann konnte keine Gegenwärtigkeit und keine Verwirklichung seiner Poesie und Wünsche, keine schöne Façon finden und keinen Himmel auf Erden sehn. War das lang ersehnte Glück einer Stunde und eines Augenblicks wirklich da, trat es dicht vor ihn hin und sollte er es in seine Arme fassen, so stieß er es von sich, wie wenn er in der schönen Erscheinung eine Trug- und Lügengestalt erblickte und einem Laster verfallen sollte.

Er konnte und mochte sich einmal in nichts finden, was plötzlich, unmittelbar und fertig vor ihm stand, so daß es seinerseits nur eines Zugreifens bedurfte. Selbst was er von Speisen genießen sollte, mußte still vor ihn hingesetzt und er dabei von niemand mit den Augen fixiert oder irgendwie in Aufmerksamkeit genommen sein. Ganz entschieden verschnupften ihn aber vollends Dinge, Menschen und Verhältnisse, die ihn *sans façon* und schlechtweg zu irgend einer Art von Thätigkeit, Replik und Wechselwirkung herausnötigten, oder auch nur ins Gewehr zu rufen schienen. In solchem Falle konnten die Leute und die Verhältnisse sicherlich nicht so lange auf ihn passen und warten, als der Herausgeforderte obstinat an sich hielt. Jede Art und Weise, die nur im entferntesten und augenblicklich die Freiheit und Willkür dahin beschränkt, daß sie uns zu einer kleinen Entschließung, zu einem bestimmten Thun und Lassen nötigt, war meinem Vater schon so sehr eine Widerwärtigkeit, daß er z.B. selbst von Personen, die er sonst leiden mochte, keine förmlichen Bedienungen annahm, daß er ungeduldig wurde, wenn man ihn zum Essen und Trinken nötigte, sich angelegentlich und wiederholentlich nach seinem Befinden, nach seiner Familie erkundigte, oder ihm irgend einen Gegenstand darreichend und nahe bringend, von ihm erwartete, daß er ihn aus der Hand und mit Dank an- oder abnehmen werde. So einer konnte lange stehn oder er ward mit ironischer Höflichkeit sofort ersucht, ihm schönstens drei Schritte vom Leibe zu bleiben.

Wer ihn nur ein wenig kannte, der präsentierte ihm sicherlich keine Tasse Thee oder Kaffee, sei's mit oder ohne Affektation; denn wenn er nicht bei Laune und schlecht gesattelt war, schlug er der aufdringlichen, in ihre unnützliche Courtoisie verliebten Dame, wenn er sich ihrer nicht anders erwehren konnte, die dargebotene Labung womöglich aus der Hand. Denn der alte Herr hatte einen unvergleichlichen Takt und Scharfblick, überall sogleich herauszufühlen, ob die Leute eigentlich mehr mit sich selbst schön thun wollten oder mit seiner Person, und wo er nun eine mit sich selbst kokettierende Konvenienz zu blamieren vermochte, da ließ er nicht lange auf sich warten. Mit wohlfeiler Lockspeise trieb ihn keiner ins Garn; wo er sich aber mal überlistet sah, da riß er, ähnlich einem Walfisch, jedes Netzwerk entzwei, und teilte ringsum Schläge aus, daß die Leute, die ihn zu fangen und zu harpunieren gedachten, mitsamt ihrem Schifflein um und um kegelten.

Am schlimmsten fuhren aber sicherlich diejenigen mit ihm, die bei einer solchen Affaire dem derben Mann mit ihrer Delikatesse und überlegenen Bildung zu imponieren versuchten. Dieser Sorte wußte der im Gewissen sichere Mann mit einer Charakterüberlegenheit und einem Mutterwitz durch den Sinn und durch den seinen Haarpuder zu fahren, daß sie, Perücke und Toilette im Stiche lassend, das Weite suchten und nicht so leicht wieder Delikatessen affektierten.

Was aber vollends mit seinem unbändigen Wesen und seiner rauhen Außenseite versöhnen mußte, das war die Konsequenz, mit welcher er sich selbst zum mindesten ebenso quälte und mit Ironie traktierte, wie dies seine Umgebung von ihm erfuhr.

Er ertappte sich kaum auf einer sentimentalen Glückseligkeit, als er auch schon mit einem erfinderischen und maliziösen Witz das eigne Herz verwundete und quetschte, bis es blutete, und dann setzte er seine Angriffe als echter Fakir eben an der Stelle fort, welche die verwundbarste und schmerzhafteste war. Er konnte die Personen am meisten kränken, die er am innigsten liebte, und mit dem Unrecht und den Schmerzen, die er jemand zufügte, wuchs nicht selten eine Unbarmherzigkeit, von der er selbst am meisten erlitt, bis endlich, wenn alles menschliche Maß überschritten war, die Reaktion eintrat und all' die Scheinhärten sich in Reue und Schmerz auflösten und zum weichsten Gemüte bildeten. Allen Bäumen kann nicht dieselbe Rinde wachsen, und mein Vater hatte nun einmal eine rauhe und harte Rinde, gewiß aus dem richtigen Instinkt, daß er ein nur zu weiches Herz behüten mußt'.

*

Alle Situationen, und mochten sie durch die vornehmste Konvenienz geboten sein, in denen man irgend etwas mit sich vornehmen, geschehn und machen lassen muß, ohne sich dabei seinerseits aktiv und rückwirkend zu verhalten, also: Feierlichkeiten, Anreden, Komplimente, lange Relationen, Eröffnungen, Lobhudeleien, Schönthuereien, Zeitungsfirmelungen und Nachweihen, Publikationen und alle *Ostentationen* waren ihm aufs äußerste verhaßt, und es dünkte ihm nicht minder unausstehlich, der Gegenstand einer besondern Verehrung und Feierlichkeit, oder auch nur einer auszeichnenden Aufmerksamkeit, als der einer Lächerlichkeit, eines Tadels oder irgend einer zweideutigen Beobachtung zu sein.

Ein richtiger männlicher Takt und Stolz ließ ihn bei aller Gelegenheit alles vermeiden und bekämpfen, wodurch seine eigne Freiheit oder die seines geringsten Nebenmenschen, ja selbst eines Untergebenen, im mindesten beeinträchtigt ward. Der Mann mochte sich ebensowenig irgendwie imponieren und genieren lassen, als er dies von andern für seine eigne Person prätendierte oder nur irgendwie litt.

Was im mindesten nach Schaustellung und Effektmacherei, nach leerer Illusion und Komödie, nach Lüge und Prahlerei, kurz, nach eitelm Schein schmeckte, wo sich irgend eine Art von pretiöser Unmacht und Unverschämtheit auf fremde Kosten, auf Unkosten des bescheidenen, werkthätigen Verdienstes der niedern Klassen geltend machen wollte, da war mein alter Papa, wie schon gesagt, der erste, der das aufgeblasene Monstrum demaskierte, indem er ihm Wind oder Wasser abzapfte. Bei ihm galt kein Maulspitzen; es mußte gepfiffen werden. Falschen und wohlfeilen Ruhm honorierte er nicht.

Solchen Grundsätzen blieb mein Vater getreu, auch wo ihm die geringfügigste Abweichung und Nachgiebigkeit einen entschiedenen bürgerlichen und weltlichen Vorteil gewährt hätte. Als ihn daher, da er noch Justizdirektor in Warschau war, bei einer schicklichen Gelegenheit ein sehr hochgestellter Mann nicht ohne Mäcenatenair merken ließ, er wolle ihm zu dem Prädikate eines Geheimerats behilflich sein, so replicierte ihm der würdige alte Mann, der sofort das Unschickliche und Unwürdige der ihm zugemuteten Schützlingsrolle, gleichwie des hohlen und sublimen Titels für sein gerades, festgepacktes und *offenes* Wesen begriff, mit dem ihm ganz eigentümlichen freisinnigen Humor:

»Wie Ew. Excellenz ersehn, so habe ich nichts Geheimes an mir und will also auch nichts Geheimes werden!« Und dabei verblieb es denn auch bis an sein End'.

Die herzbrechenden Feierlichkeiten, welche die Jubilargreise aller Grade und Sphären, in allen Takt- und Tonarten zumal jüngst mit sich *vornehmen*, und hinterdrein stillschweigend in allen Zeitungen ausposaunen und in allen Konversationen nachweihen, nachschwächen und wiederkäuen lassen, erschienen meinem Papa immer als ein so ärgerlicher Verstoß gegen die persönliche Würde, als eine solche tragikomische Profanation des Heiligtums, der Verschämtheit und der Selbstgenugthuung eines echten Verdienstes, als eine solche Beleidigung des erlaubten Charakterstolzes, der keinem Fürsten und keinem Publiko eine Gnade oder Censur und Belobigung zugesteht, als ein so abgedroschenes Dutzendceremoniell, als eine so prätentiöse, eitel ostensible und verletzende Aufdringlichkeit von seiten der Gratulierenden gegen den *par ordre de mufti* kreierten Jubilar, daß er seinerseits sich zu dem leidenden Gegenstand einer solchen affektiert forcierten, selbstgefälligen und sich selbst traktierenden Begeisterung nicht hergegeben haben würde, und wenn es eine hundertfünfzigjährige *Dienstfeier* gegolten hätte und Serenissimus ihn in allerhöchsteigener Person zur Prozession abzuholen gekommen wär', oder es müßte denn gerade ein »Friedrich Wilhelm« gewesen sein.

Es verlohnt sich auch in der That, einen dergleichen Jubel mit seiner *Wandelleiche* vornehmen, sich vom jubellustigen Bataillon herausvexieren, angratulieren, ansingen, andeklamieren, antrinken, mit Champagner anknallen und totschießen zu lassen, um hinterdrein, wenn man das dumme Vehikel für andrer Leute halberzwungne Ekstase und Jubellust abgegeben hat, sich mit den ausgetrunkenen Champagnerbouteillen und den verbrauchten Transparenten in die Rumpelkammer geworfen zu sehn! Mir steht der alte Herr heute noch vor dem Sinn, wie er bei dergleichen Jubiläums- und Zeitungsspektakel, wenn derselbe eben seine Freunde anging, mit kuriosem Ingrimm und nimmer zu kopierendem Gebärdenspiel folgendes, bei Gelegenheit der Vermählungsfeier einer braunschweigischen Prinzessin, zu Anfang des achtzehnten Jahrhunderts gereimtes Hochzeitscarmen und im Recitativ zum besten gab:

> »Eitler Wahn, Dummerjahn!
> Siehst du denn die Königskronen
> Nur für leere Vicebohnen
> Und für Puppenkränze an?
> Horch, die schmetternden Kanonen
> Brummen freudig ihr *Bumm, Bumm!*
> Und die Infantrie *von hinten*
> Löset die geladnen Flinten
> Um das Schloß herum, Bumm, Bumm!«

Solchergestalt accompagnierte mein alter Papa – Gott hab' ihn selig – die Jubiläumseitelkeit seiner Zeit, und er konnte es mit gutem Gewissen thun, denn er ist, wiewohl in königlichen Diensten und Privatinteressen und in noch viel wichtigern vieler seiner Nebenmenschen, viele Jahre hindurch gebraucht und verbraucht, gleichwohl ohne Dekoration und ohne andre Betitelung oder Gratifikation zur Grube gefahren, als welche die dankbaren Herzen seiner Freunde und Klienten ihm stillschweigend gezollt haben, und die ihm von Amts und Rechts wegen zugesprochen worden sind.

Des Vaters Art mit den Leuten und mit uns.

Die Leute, die *Honoratioren* insbesondere, sind dermalen so neu-nundneunzig klug, sie haben den *Takt* und den Geschmack und alle sublimste Lebensart mit Löffeln mediziniert und hinterdrein noch im Magen rektifiziert; wenn aber die Sachen zum Klappen kommen, so wissen diese superklugen und geschmackvollen Zackermenter gleichwohl nicht *ex tempore* und auf dem Fleck, was schicklich ist, was sich *in casuconcreto* und eben für ihre Personage und Visage, für ihre Uniform und Kleidage, für ihre Hantierung und Apanage, für ihre Feigheit und Courage, für ihre Ökonomie und Menage recht schicken will. Diese Allerweltsleute setzen ihr Thun und Lassen auf mathematisch berechnete Walzenstifte, um es sodann im höheren Leierkastenrhythmus herunterzudrehn. Sie verschneiden ihr biß-chen Witz und Instinkt nach Schablonen, sie schlagen ihre unsterb-liche Seele über den Leisten einer künstlerischen, einer wissen-schaftlichen, einer socialen und politischen Konvenienz, sie piepen ihre Piepspoesie und Prosa nach Noten, und resp. nach stereoty-pierten Redensarten, nach einer längst abgeschwächten Gemein-plätzigkeit, sie stecken ihr Krümelchen Genie in die gelahrte Rock-tasche zu dem übrigen Weltabsoluten, das darin weilen mag. Also *ad vocemSchicklichkeit* und *Geschmack*, so wissen diese Leute aus der Ästhetik, wie das zu dispensieren. » *Recipe:*« zum *Abführen*, nämlich des wilden Genies und einer unbändigen Natur, so stellt sich das *Schickliche* als der Rückstand von selbst wieder heraus.

Das *Genie* ist nämlich originell, erfinderisch und überbrausend; die *Schicklichkeit* aber und der beste *Geschmack* bequemt sich der Schule und Konvenienz, dem Modell und dem Trommelfell, auf welchem aller Welt Feinheiten gleichsam in einem Wirbeltanze versammelt werden. Es ist rührend und heroisch zugleich.

Die Leute von altem Schlage hatten von dergleichen aber *ein anderes Glaubensbekenntnis.* Zu ihnen gehörte auch mein Vater. Er war *in praxi* sein eigener Geschmacksrichter, insbesondere bei herzhaften Gelegenheiten. Gefühlvoll und delikat in seinem Innersten, ließ er sich *auswendig* nichts davon merken, erschien er vielmehr kurz an-gebunden, körnig und ein bißchen grob, am liebsten jedes Ding beim natürlichen Namen benennend, und so nannte *er mich* denn auch für ordinär und in guten Humoren: » *Er Schlingel;*« » *Herr*

Sohn« aber nur, im Fall ich für Maulschellen reif war. Im Komplimentierbuch, im Katechismus der Pädagogik, in der Kathedermoral sind solche Titulaturen und Lebensarten freilich nicht als schicklich und normal rezipiert; wer aber ihren Autor nur einen Augenblick gesehen und gesprochen hatte, der mußte überzeugt sein, daß zu des alten Herrn derber Person, zu seinen mittelalterlich modellierten Gesichtszügen, zu seiner gesamten Art und Weise aus antediluvianischem Schrot und Korn ein: »*Lieber Sohn*« nimmermehr so gut passen wollte, als ein bloßer *Schlingel,* und daß nichtsdestoweniger beide Prädikate in des rauhen Mannes weichem Herzen zugleich ihren Anklang hatten, wenn sie auch nicht eben mitsammen über die Zunge gingen. Diese biographische Reminiscenz will aber für andere Leute so viel bedeuten: Ein Mensch von richtigem Takt, und das war mein Vater, muß nicht nur wissen und fühlen, welche Redens- und Lebensarten, welche Manieren und Coiffüren der eben gangbaren Konvenienz konvenabel, sondern welche zu seinem Gesichte, zu seiner Gesinnung, zu seiner Person und Stellung im Leben, zu seinem Bildungsprinzip und Schicksale, zu seinem Geschlecht und Lebensalter erklärend bedeutsam, passend und notwendig sind, und welche nicht. Die schicklichen muß er dann recipieren, ob es nun die Konvenienz, die Politik, die Ethik und Ästhetik erlauben wollen oder nicht. Das ist der rechte Takt und Geschmack.

Mein Vater hatte das Herz auf dem rechten Fleck. Gegen seinen Präsidenten verstand er, wenn's eben not that, grobkörnig zu sein; aber seinen Barbierjungen traktierte er dafür mit Langmut und herzlichem Spaß. Moderne Herren hören die Klatschgeschichten aus und dann schneiden sie dem armen Subalternen ein desavouierendes Gesicht. Ist das wohl ein Dank für rasierende Rhapsoden etc.? Mein Vater war ein guter Christ, aber er nahm die Leute in der Vorstellung nie viel gescheiter und besser, als sie in Wirklichkeit waren, und das brachte ihm Respekt und Praxis zuwege. Mein Vater war ein gemütlicher Mann, aber er stand nichtsdestoweniger mit Bewußtsein und Kritik über dem Augenblick und seiner Person, und war eben nur gemütlich wie ein alter Advokat, der er war, nicht aber wie ein deutscher Dorfpastor von August Lafontaine.

Der Alte schmauchte seine Pfeife, aber nicht ganz mit dem Komfort, wie wenn er mit der ganzen Welt die Friedenspfeife rauchte. Er hatte sein apartes Gesicht und Mienenspiel, seine Persönlichkeit umschrieb sich nur mit ihrer eigenen Existenz. In Worten war sie nimmer abzufangen, auch wenn man ihn selbst als illustrierende Zugabe zu dem Text hatte.

Er war sein eigner Musterheiliger, und wenn man ihn an einer Stelle wegzuhaben glaubte, so war er an einer ganz andern von neuem da und maliziöser als je, wo er irgendwie abnahm, daß man ihn zu studieren, zu behandeln, oder bloß zu fixieren gedachte. Herz und Witz, Idealismus und Realismus, Liebe, Charakter, Energie und Sentimentalität waren in dem alten Manne zu einem unergründlichen Humor gemischt. Er war ein alter origineller, deutscher Ehrenmann, aber ohne von seiner Originalität Späne zu drechseln und irgendwie über seine eigene Tugend gerührt zu sein.

Zu den Eigentümlichkeiten meines Erzeugers, die heute von vielen, selbst gebildeten Leuten gar nicht mehr verstanden werden dürften, gehörte auch die, daß der äußerlich streng und herb scheinende Mann nie zugestehen mochte, daß und wie ihm eben etwas an die Seele rührte und das Herz zerschmolz. Sei es nun, daß er wohl fühlte, wie ihm der entsprechende schöne Ausdruck für schöne und weiche Empfindungen *versagt*, oder wie es dem Manne und dem Hausvater vor den Respektsbefohlenen überhaupt nicht ganz zuständig sei; genug, wir Kinder wenigstens bekamen das nie zu sehen und durften es günstigsten Falls eben nur erraten, wenn nur unserm Papa irgend etwas mal eine Illumination und eine Herzenssatisfaktion zuwege brachte, aber auch wenn er in Person irgend wem imponierte und genugthat, so war es ihm peinlich und widerwärtig, sich das irgendwie zu reflektieren und auf diese Weise gleichsam mit seinem innern Menschen auf die Ausstellung zu ziehn. Dem Manne wohnte ein Prinzip inne, das heute kaum dem Namen, geschweige denn der Sache nach bekannt ist: geistige Jungfräulichkeit, Verschämtheit im Bekenntnis und Interesse eines Weltheiligtums. Wie jeder keusche und unverdorbene Mensch die körperliche Entblößung in tiefster Seele als eine Profanation der leiblichen Schöne empfindet, die ein Heiligtum und ein geweihter Tempel der Gottheit und Natur sein und bleiben soll; so zeigte mein Vater überall eine *Scham*, das innerste Heiligtum seiner Gefühle und Empfindungen und seiner zartesten Gesinnungen ohne dringende Not und so für gewöhnlich aller Welt Augen bloß zu legen. Und diese verschämte Natur, dieser heilige Geist einer hehren Sittlichkeit in ihm war auch wohl der tiefere Grund jener verschlossenen Liebe und Zärtlichkeit, die auf den flüchtigen Anschein als bloße Wunderlichkeit und Härte erschien.

Wie in allen Dingen, so war der Vater auch in dem *Umgange mit uns Kindern* ein absonderlicher Mann. Sein Grundzug war Liebe und Zärtlichkeit, die er in dem unablässigen Eifer, uns zu tüchtigen Menschen zu bilden, bethätigte; aber weil er sich eben einer so zärtlichen Empfindung für uns bewußt war, mochte und konnte er sie sich nicht gut gegen uns merken lassen, da unsere natürliche Lebhaftigkeit und die damit in der Regel verknüpfte Unbändigkeit und Hartnäckigkeit einen *Rigorismus* erforderten, hinter dem die Zärtlichkeit nur ausnahmsweise und gelegentlich ihre Gestus machen durfte. In diesem System unterstützte den alten Herrn zum Glück für uns auch noch sein jach beschworener und ebenso verfliegender Zorn. Außerdem hätten wir seiner natürlichen Weichheit zu viele Vorteile, aber nicht zu unserem wahren Heil abdividiert.

Wenn wir den Alten erst so weit gebracht hatten, daß er uns beim Kopfe nahm und es zum Handgemenge kam, so ward groß und klein abgethan und wer ihm unter die Fuchtel kam. Wenn er dann solchergestalt Feind und Freund hatte über die Klinge springen lassen, so that ihm die Massaker leid, und es kamen hinterdrein die Schmerzgelder und Heilpflaster in allerlei Geniebegünstigungen, Extrafreiheiten und Patente auf dumme Streiche für die nächste Zeit, eine gewisse *Zärtlichkeit* selbst nicht zu vergessen, die aber so sonderbarer Natur war, daß sie mehr einer kleinen Abstrafung als einer Liebkosung ähnlich sah. Nach solchen Haupt- und Staatsaktionen, nach solcher Generalexekution in Bausch und Bogen galt eine Art leicht an der Backe oder gegen das Ohr ausgeführter Schlag immer noch derb genug, daß man im Zweifel blieb, ob Ernst oder Spaß gemeint sei, und ziemlich bittersüß drein sehen mußte für das Versöhnungszeichen und ein: »Er Rekel, Er Galgenstrick etc. geh' Er« war der stehende Begleitschein und der Schluß der Pacifikation.

Der alte Papa schimpfte uns, wenn er gereizt worden war, auch vor Fremden als die allergottloseste Brut unter der Sonne; aber er würde jeden häßlich angesehen haben, der solche väterliche Herzensergießungen für eine Aufforderung hätte nehmen wollen, die eigenen Kinder herauszustreichen oder auch nur beifällig in den Tadel einzugehen.

Die Nachbarn und Bekannten verstanden sich in *dieser* Beziehung mit dem alten Herrn gar zu wohl, um nicht stumm oder entschuldigend zuzuhören. Aber auch mit allzu zuthätigen und verbindlichen Exküsen blieb es bei solchen Affairen ein äußerst mißliches Ding, denn der alte Herr nahm es wieder für Dummheit und für einen Tusch, wenn man im Ernste dasjenige widerlegen und vertuschen zu wollen schien, was gescheiter- und höflicherweise gar nicht für bare Münze genommen werden sollte. Aber auch so war's nicht recht, wenn man sich etwa lächelnd merken ließ, der Herr Justizdirektor meine es ja doch nicht so schlimm.

Der Herr Direktor nahm solche Weise dann wieder so, als halte man ihn für einen Renommisten oder ergötzlichen Komödieonkel. Kurz, es blieb ein schweres und höchst verfängliches Stück, bis man das rechte Manöver und alle Nuancen bei leidenschaftlichen Expektorationen über seine Familie eben traf.

Im Beginn des tobenden Ausbruchs war es allein geraten, ziemlich eingeschüchtert und ganz passiv still, wiewohl nicht unaufmerksam oder vollends apathisch dazusitzen – allmählich konnte man hie und da ein begütigendes, sänftigendes Wort versuchen; aber das durfte nicht den Gegenstand des Ärgers, sondern nur den Herrn Direktor und dessen Verdruß betreffen. Im dritten Stadio konnte man schon, aber immer nur im vollen Gefühl und Ausdruck des Wagnisses, etwas zur Entschuldigung der Inkulpaten einfließen lassen, wenngleich nur mit Beziehung auf den vorliegenden Fall und nicht überhaupt; denn im allgemeinen blieb jeder ein Schlingel, wenn er auch zufällig *in casu* unschuldig erfunden war. Zuletzt aber ließ sich der Alte sofort auf eine Umstimmung und Versöhnung ein, wenn der Zuhörer und Besänftiger gleichsam wie aufs äußerste gebracht, durch allzu ungerechte Urteilsfassungen die Angeschuldigten mit dem Affekt der Gerechtigkeitsliebe und Billigkeit nachdrücklich und auf Unkosten fremder Rangen verteidigte, und dabei die größere Solidität der letztern auf ihre größere Dummheit schob, unsere in Rede stehenden Verschuldungen aber als eine Art von Geniestreichen und als Früchte zu bezeichnen wußte, die nicht allzuweit vom Stamme gefallen seien.

Die so bei ihrer schwächsten Seite angegriffene väterliche Eitelkeit konnte sich dann nicht länger verstellen und es gab ein ganz unbeschreiblich wunderliches Gebärdenspiel, wenn so in den stark markierten Gesichtszügen des erhitzten Alten der Groll, obschon vorläufig *ab officio* suspendiert, doch noch gleichsam das Allerheiligste der vollen Versöhnung und inwendigen Vaterliebe maskieren und so ungebührliche Schwachheiten nicht dem profanen Völkchen der im Hintergrunde zusammengekauert auf besser Wetter lauernden Verdammten verkünden sollte.

Kurios war es auch, welcher Gestalt die neue Versöhnung seiner Umgebung signalisiert ward. Man bekam gelegentlich einen Wink in einer kaum zu entziffernden Pantomime, gewöhnlich aber in irgend einem Puff und Knuff, oder einem Ruck am Ohrläppchen, dem ein freundlicher Handkuß folgen mußte, zum Zeichen, daß man in dem neuen Witterungswechsel orientiert sei. Wehe aber dem Taktlosen, der auf solche Gunst und Signale alsogleich hätte Freiheiten wagen, oder sich auch nur so ungeniert benehmen wollen, wie wenn er die neue Lebensordnung für die alte nehmen dürfe. Er ward dann zum Erschrecken eines andern belehrt, und das war uns ersprießlicher, als wenn uns der Lebenstakt und die Menschenkenntnis in fremden Häusern mit noch größerer Beschämung und bei reiferem Alter hätte beigebracht werden müssen. Wir mußten auf das gute und böse Wetter im Hause Sinn und Verstand richten. Heute ignoriert dies die Jugend und damit zugleich die Autorität und die pflichtschuldige Pietät.

O du seelenguter, du kreuzbraver und grundehrlicher Mann! *Du* warst ein Geschäftsmann, ein Justizmensch, wie du zu sagen pflegtest! Das warst du freilich in deinem Kopfe; aber in deinem *Herzen* warst du ein *Kind*. Ein vollwichtiger, ein unverletzter und *heiliger Mensch* warst du in deiner Seele, deinem Charakter, deinem ganzen Gemüt, und die Art und Weise, wie dieser kernige Juristenverstand, der alles heil und praktisch aus der Mitte griff, mit diesem Herzen in eins gebildet und doch wieder über den Bogen gespannt und polarisiert war, so daß der Mensch überall hinter dem Juristen seine Gestus zum besten geben durfte; das machte deinen absonderlichen *Humor* aus, einen Witz des Herzens, der in Rembrandtschen Lichtern und Effekten auf deinem echt deutschen Antlitz spielte, daß die Menschen, die dich einmal gesehen hatten, dich nie wieder aus dem

Sinn ließen, noch bevor sie deine fabelhafte, deine am Ort zum Sprichwort gewordene Rechtschaffenheit im Geschäfte erprobt und für ihre leibliche Wohlfahrt in Profit genommen hatten!

Wie oft hat dich dein rücksichtsloses Zutrauen betrogen, wovon haben alle deine Manualakten zur guten Hälfte Zeugnis abgelegt, wenn nicht von dein Wortbruch, der Lüge und dem unehrlichen Sinn der Welt? Du legtest aber immer deine eigene vollwichtige Ehrlichkeit in die aufschnellende Wagschale der Nächstenschwäche, so daß dir in deinem Herzen ausgeglichen blieb, was bei den weltklugen Leuten immer ein Bruch bleibt, weil ihnen der Generalnenner im eigenen Genius fehlt, der all die Brüche schwacher Mitmenschen und ihrer Lebensgeschichte hebt.

Deine Juristerei schwamm wie Eisen und Blei auf dem flüssigen Golde deines echt menschlichen Charakters. Dein Welt- und Geschäftsverstand hatte nirgend deine kindliche Seele und das Heiligtum deines sittlichen Charakters angerührt. So lebtest und so endetest du! So hast du deinen Kindern, deinen Freunden, so hast du deinem Lieblinge vertraut; von allen das beste entnommen und geliebet. Lebe wohl, habe Dank! » *Ach sie haben einen guten Mann begraben, und mir war er mehr!*« Als er noch lebte, da erkannte ich des Mannes Herz und seinen Wert nicht von ganzem Herzen, nicht so wie heute, nachdem er länger denn zwanzig Jahre in der Erde ruht. O könnt' ich ihn von den Toten auferwecken, wie lustig und guter Dinge wollt' ich noch einmal und bis zu meinem Ende sein » *dummer Junge*« sein. Mit meinen Nägeln wollt' ich den teuern Erzeuger aus der Erde graben; aber sie hält ihre Toten fest bis zum jüngsten Gericht!

O höret mal auf eine altmodische Mahnung, ihr Jünglinge vom neuen Glauben: Liebet eure Erzeuger, liebet Vater und Mutter mit der vollen, letzten Kraft eures Herzens, denn es kommt eine Zeit noch vor den grauen Haaren, wo das Gemüt wieder stärker spricht, als aller Verstand der Welt und der Politik, und wehe dann dem Herzen, dem Gewissen, das nicht vor der wiedererwachten alten Liebe besteht!

Ende.

Über tredition

Eigenes Buch veröffentlichen

tredition wurde 2006 in Hamburg gegründet und hat seither mehrere tausend Buchtitel veröffentlicht. Autoren veröffentlichen in wenigen leichten Schritten gedruckte Bücher, e-Books und audio-Books. tredition hat das Ziel, die beste und fairste Veröffentlichungsmöglichkeit für Autoren zu bieten.

tredition wurde mit der Erkenntnis gegründet, dass nur etwa jedes 200. bei Verlagen eingereichte Manuskript veröffentlicht wird. Dabei hat jedes Buch seinen Markt, also seine Leser. tredition sorgt dafür, dass für jedes Buch die Leserschaft auch erreicht wird.

Im einzigartigen Literatur-Netzwerk von tredition bieten zahlreiche Literatur-Partner (das sind Lektoren, Übersetzer, Hörbuchsprecher und Illustratoren) ihre Dienstleistung an, um Manuskripte zu verbessern oder die Vielfalt zu erhöhen. Autoren vereinbaren direkt mit den Literatur-Partnern die Konditionen ihrer Zusammenarbeit und partizipieren gemeinsam am Erfolg des Buches.

Das gesamte Verlagsprogramm von tredition ist bei allen stationären Buchhandlungen und Online-Buchhändlern wie z. B. Amazon erhältlich. e-Books stehen bei den führenden Online-Portalen (z. B. iBookstore von Apple oder Kindle von Amazon) zum Verkauf.

Einfach leicht ein Buch veröffentlichen: **www.tredition.de**

Eigene Buchreihe oder eigenen Verlag gründen

Seit 2009 bietet tredition sein Verlagskonzept auch als sogenanntes "White-Label" an. Das bedeutet, dass andere Unternehmen, Institutionen und Personen risikofrei und unkompliziert selbst zum Herausgeber von Büchern und Buchreihen unter eigener Marke werden können. tredition übernimmt dabei das komplette Herstellungs- und Distributionsrisiko.

Zahlreiche Zeitschriften-, Zeitungs- und Buchverlage, Universitäten, Forschungseinrichtungen u.v.m. nutzen diese Dienstleistung von tredition, um unter eigener Marke ohne Risiko Bücher zu verlegen.

Alle Informationen im Internet: **www.tredition.de/fuer-verlage**

tredition wurde mit mehreren Innovationspreisen ausgezeichnet, u. a. mit dem Webfuture Award und dem Innovationspreis der Buch Digitale.

tredition ist Mitglied im Börsenverein des Deutschen Buchhandels.

Dieses Werk elektronisch lesen

Dieses Werk ist Teil der Gutenberg-DE Edition DVD. Diese enthält das komplette Archiv des Projekt Gutenberg-DE. Die DVD ist im Internet erhältlich auf **http://gutenbergshop.abc.de**

FSC
www.fsc.org

MIX

Papier | Fördert
gute Waldnutzung

FSC® C083411

Zeitfracht Medien GmbH
Ferdinand-Jühlke-Straße 7
99095 Erfurt, Deutschland
produktsicherheit@kolibri360.de